浦江四明山水情

PUJIANG SIMING SHANSHUIQING

王翊士 著

天津出版传媒集团
百花文艺出版社

图书在版编目（CIP）数据

浦江四明山水情 / 王翊士著 . -- 天津 : 百花文艺出版社 , 2021.7

ISBN 978-7-5306-8115-2

Ⅰ . ①浦… Ⅱ . ①王… Ⅲ . ①散文集 – 中国 – 当代 Ⅳ . ① I267

中国版本图书馆 CIP 数据核字 (2021) 第 118926 号

浦江四明山水情

PUJIANG SIMING SHANSHUIQING

王翊士 著

选题策划：王　欣　　**责任编辑：**于静筠

装帧设计：凌点视觉 RISE VISION

出版发行：百花文艺出版社

地址：天津市和平区西康路 35 号　**邮编：**300051

电话传真：+86-22-23332651（发行部）

+86-22-23332656（总编室）

+86-22-23332478（邮购部）

网址：http://www.baihuawenyi.com

印刷：武汉市卓源印务有限公司

开本：787 毫米 ×1092 毫米　1/16

字数：87 千字

印张：7.75

版次：2021 年 7 月第 1 版

印次：2021 年 7 月第 1 次印刷

定价：56.00 元

如有印装质量问题，请与武汉市卓源印务有限公司联系调换

地址：武汉市东西湖区将军五路六号厂房 1 号车间 2 楼（11）

电话：（027）51850953

邮编：430040

目录

浦江篇

四明篇

浦江篇

2014年末，突然接到一个金华浦江来的电话，说邀请我参加将于2015年农历正月初八在县城举行的中山中学第六十五届初中毕业五十周年纪念聚会，还说已成立了以洪旭升、钟德期、李家鼎、贾方泉、张林铀、周月芳等6人组成的筹备小组，邀请书即将发往，初七那天还有专车来宁波接我。这既使我“盛情难却”，又让我“喜出望外”，“十分激动”，于是我立即高兴地答应了下来。

五十年呵，整整半个世纪。一个国家、一个地方，一个单位，一个家庭、一个人，有多少事可以发生？有的过去了，就忘记了，但总还会有一些人和事，使人终生难忘呵。

五十年后1965届初中毕业生再相聚

一、“中山”史话

中山中学在浦江县黄宅镇境内，一条义浦公路从校门前通过。学校背靠官岩山，面朝浦阳江，南边是古塘古村，北边是钟姓大村，中间有一座名为“普义桥”的大石拱桥相连接。

这座大桥是横跨浦阳江的五大桥之一，于1932年建成。大桥长52丈，宽1丈6尺，共有12墩11洞，两边配有石扶栏，两头还有石砌长堤。桥墩刻有于右任等人题写的“月上东山”“长堤步月”“集贤春涌”“秋风断蟹”“寒江钓雪”“古渡飞虹”等20余块石匾。桥南有亭，名普义亭，亭左有庙，名普义庙。大桥既是连接义乌与浦江的公路交通要道，也是中山中学一道最靓丽的风景线。

1939年，在抗战烽火中，孙中山先生的追随者陈肇英先生，因家乡“向称贫瘠，学风壅闭，原无中等学校，更鲜有外出就读大学之子弟”，故而“特发起在家乡创办全日制中山中学”。当时，中山中学不仅是浦江，就是在金华新学堂中，也属先行之列，是“八婺老校”之一。

1942年，日寇发动浙赣战役，日机狂轰滥炸，学校被迫临时解散。首任校长王恭寿先生率领60多名无家可归的学生迁至数百里外建德姚村、洋峨深山，陷入了缺粮断炊的困境之中，师生们成立“战地青年服务团”，参加护理部队伤员和抗日宣传工作。随后，又与抗日军队一起突破日军的包围。他们过兰溪，赴汤溪，下瑞安，走丽水，抵龙泉，直达瑞安大岙，入浙东临时第三中学借读。不久又转至建德北乡乾潭镇骑龙桥永庆寺办学，后来又迁至建德城内刑部衙堂。学校师生两次撤离，三迁校址，几经颠沛，依然书声琅琅，弦歌不辍，可谓抗战时“西南联大”式办学浙江中学之典范也。这一段行军千里，艰难险阻，劫后余生的经历为中山中学抗战胜利后回古塘复校，并且生机勃勃，为成为浙东一流名校奠定了坚实基础。当时“中山”学子遍及全省30个县，近悦远来，盛极一时。之后，中山中学又经历了解放初期的艰苦奋斗，反右、“文革”的深重灾难和改革开放后的长足发展。雄奇秀美的官岩山可以作证，滚滚东流的浦阳江可以作证。

纪念碑

历经半个多世纪的风霜雪雨，中山中学走过了一条艰难而光辉的道路，培育出无数芬芳四溢的桃李，他们中不乏党政人士、专家学者、军队首长、文艺大家、商界强人、社会贤士等精英模范，其中在中华人民共和国成立后毕业生中拥有7名少将、14名大校，学校向部队输送了23

名飞行员；毕业生中涌现出众多著名的书法家、画家、作家，彰显了学校一贯坚持的“德育为首，全面发展”教育思想指导下所形成的鲜明办学特色。真是“桃李因母校培育而终身受益，母校因桃李满园而熠熠生辉”。

1961年8月，我从金华师范学院毕业，分配到义乌县（市）中山中学任教。中山中学是我走上教育工作岗位的第一站。20世纪60年代，中山中学也赫赫有名，是义乌县中不多的几所完中之一。我从1961年至1969年，整整八年工作、生活在“中山”，在那里度过了一段“经济困难”与“阶级斗争为纲”共存的特殊历史年段，也度过了自己最宝贵的“青春年华”。

二、校园印象

学校大门朝西，门楼端正大气，上方横写“义乌县中山中学”七个大字，这是1960年孙中山先生诞辰95周年时请国家名誉主席宋庆龄先生亲笔题写的（1979年宋主席又题写了“浦江县中山中学”校名）。校牌上面中间有颗大五角星，五角星后边有旗杆，校牌及左右围墙上方均有朵朵祥云石雕装饰，十分自然协调。校门两侧围墙约有4米高，下为实体上镂空，富有立体艺术感。

老校门

入大门是个大广场，十数棵高近10米的梧桐树像警卫一样站列两侧，十分庄严。

再后面就是学校的大礼堂了。大礼堂东西朝向，东西长约60米，南北宽约40米。东端有个小舞台。水泥地面，西高东低，略有坡度。顾名思义，礼堂是个举行礼仪而集会的地方，但此礼堂却是多功能的，除了集会，还要上体育课，训练运动队，演出节目等。

大礼堂

礼堂的东边是一排长长的小平屋，那是师生们蒸饭，用餐的地方。学生每星期回家，从家里带来米和菜，米淘过后放入陶罐加水蒸饭，菜就是带来的霉干菜或咸菜，而且要吃一个星期，十分艰苦。个别学生偶尔去校门口用5分钱买一碗“豆腐脑”调剂，算是一顿美食了。

礼堂的南边是操场，操场上有两个篮球场和两个排球场，均是泥地。没有设有环形跑道的田径场。

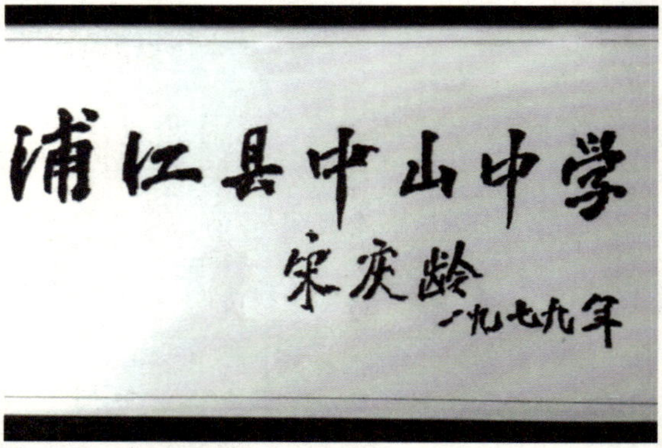

宋庆龄先生题字

礼堂的北面有一条绿化走廊，再北边就是地势明显增高了的教学区，那里有能满足高中4个班，初中20个班1300余人需要的教学楼、实验楼、图书室、教师办公室等。教学区的天井里也有一片高大的梧桐树林，长得郁郁葱葱。

老初中部教室

教学区的北边就是两层木结构的学生宿舍和教工宿舍。学生因为家离校远，大部分寄宿在校，多数一周回去一次；教师绝大多数是外地人，也都住在学校里，一般到暑、寒假才能回家乡探亲。

老学生宿舍

记得，住校教师的宿舍位于学生宿舍东面，是一栋呈“L”形的两层木结构屋。东、西朝向有5间，南北朝向也有5间（俗称“十间头”），加上两走廊头2间，两层共24间。我曾先后住过东西朝向的二楼第3间和

老教室宿舍

第5间。当我住第5间时，第1至4间顺次住着的是：上海人生物王老师、嘉兴人语文胡老师、武义人语文徐老师、义乌人音乐魏老师。转角头一间是本地人物理张老师。那第5间，就是校舍的最东北角的一间，东窗外就是广袤农田，四季都能闻到虫叫鸟鸣，尤其是夏、秋，既闻蛙鸣一片，又听蟋蟀弹琴。

带家眷的领导以及单身女教师的宿舍区则在教学区的西北边，原普义庙、普义亭一带，也是平房。此宿舍区有单独的道路通向大门口广场。

新校舍

三、民俗风情

浦江是个有悠久历史的县域，它与诸暨、兰溪、建德、桐庐、义乌等县接壤，隶属于婺州府管辖（中华人民共和国成立后称金华专区、金华市）。早在新石器时代，就有人类在境内劳动生息。东汉兴平二年（195年）立丰安县，唐天宝十三年（754年）置浦阳县，五代吴越

五十年后再访“第二故乡”

天宝三年（910年）改为浦江，此名一直沿用至今。浦江无论从自然条件、气候特产、风俗习惯、语言体系以及文化传统等都能体现婺州地方特色。

但它与婺州系其他县相比，尤其是与“文革”前一段时间曾与之合并过的义乌相比，还是有自己的显明特点。

——坚韧、硬朗。浦江人的性格以硬朗、坚韧不拔著称，这一点倒有些像隔壁另一个专区的诸暨人。正面看，做人办事意志坚，决心大，韧性足，“哪里跌倒要从哪里爬起来”，“永不言败”，“不达目的决不罢休”；负面看，脾气躁，性子急，容易与人家争吵、打架。别的不好说，“文革”中，钟村就有一帮农民晚上拿着棍棒冲入“中山”来打某老师，幸亏有人提前报信，让这个老师躲到别人房间里才逃过这一劫。事后熟人问“执棍者”：“为何要打某某？”答曰“因为‘中山’有人（造反派）难看他”。你说笑话不笑话。

——开放、外向。因为家乡多山、少田、生产资源有限，浦江年轻人大多愿意离开家乡，去闯荡外地，谋生创业。这一点有些像温州人，温州人跑向世界，而浦江人也遍及了全国；浦江人愿意当兵，去部队锻炼成长，以后转业复员，谋个好差。浦江人一经在外，乡情维系，互相提携，十分团结。

——尊师、重教。浦江民风淳厚，农村家长普遍将家族振兴的希望寄托在下一代身上，而且把孩子读书升学当作走向“希望”的主要途径。浦江人有句老话：“一日师，两日娘，三日先生赛爹娘。”说明，浦江人历来是重视教育，尊敬老师（“先生”是尊称）的。我曾在多个地区多个学校担任过班主任工作，每次家庭访问或与家长联系，浦江学生家长的态度是最诚恳和谦逊的，给我留下了深刻的印象。你看，五十年前的“中山”学生还到处寻找当年的老师、同学，希望相见相聚相念，其本身就给下一代作出了榜样。

——书法、绘画。浦江是浙江著名的书画之乡，历史和当代都出过许多书画大家和书画名作。1941年，浦江礼张人张书旂的巨画《百鸽图》，作为礼物送给美国三任总统罗斯福，传为天下美谈。现此画珍藏于美国家博物馆内。其名作还有《雄鹰》《张书旂画集》等多种。还有被奉为“日本篆刻之父”的清代浦江人蒋兴俦；还有在中华人民共和国成立前曾担任过上海美术专门学校中国画教授，1949年后应潘天寿之聘任中央美术学院华东分院（浙江美院前身）教授，兼中国画系主任的浦江前吴村人吴茀之，名作有《鹰击长空》《岁寒三友》《大丽花》《牡丹》《螃

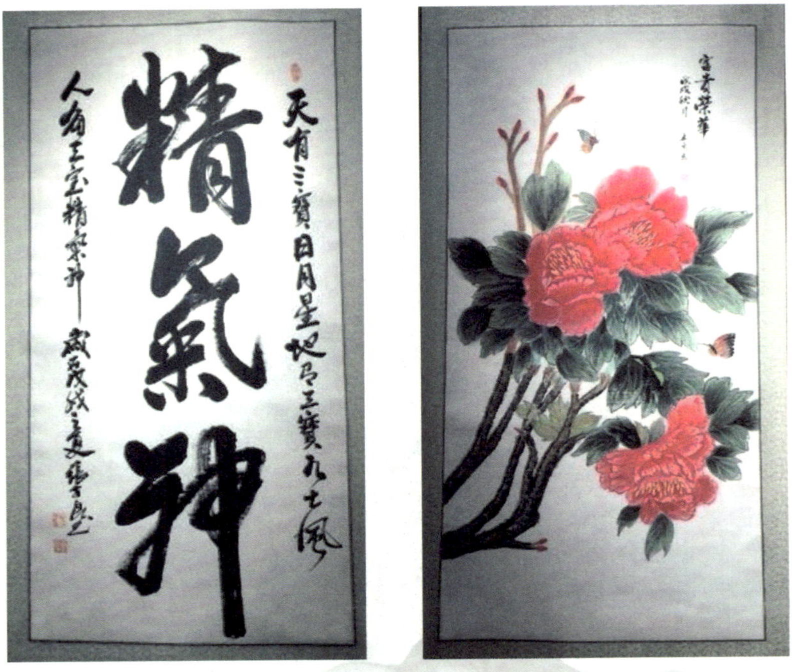

浦江书画作品

蟹》以及各种画集、画册；还有著名国画家、美术教育家，被李可染称为“南张北李”（此李为李苦禅）的“艺林泰斗”浦江礼张人张振铎，其名作有《松鹰》《墨竹》《秋菊》《幽兰》《闻鸡起舞》等。

在书画领域内，浦江人就是这么厉害，尤其是浦江礼张人，早已名扬世界。那么，在普通的机关、学校、工厂、农村里怎么样呢？同样，也是到处丹青飘香。我曾在“中山”里，目睹总务主任潘先生只用一个小时多点时间，挥毫画下一幅停在山岩上傲视前方的雄鹰图，那老鹰的雄健、豪迈完全可以从画中鹰的身子，爪子和眼神及其身下身后的陡峭悬崖表达出来，真的把我看呆了。

浦江人有志气，有才气，有义气，特别能“吃苦耐劳，团结奋进”。只要继承发扬这种传统和精神，浦江人一定能跟上新时代的步伐，把家乡建设得更加美丽、更加幸福。“五水共治”浦江成为全省的标兵就是一个很好的证明。

2019 中山中学建校 80 周年再相聚

四、金华访友

1960年，宁波市要成立篮球专业队了，为报恩宁波培养，我中学学妹、篮坛女友严云，毅然自动脱离省队回宁波参加，并担任女队队长。当年下半年，因中央规定地市级城市一律不准成立专业运动队而将篮球队集体转入宁波制药厂上班。1961年，实行“精兵简政”，球队正式解散，农村户口队员被遣散回乡，城市户口队员则分配去永耀电力公司工作，实行“半工半训”，意欲“散队不散人，保存市队实力”。

1962年下半年，浙江省将在金华举行篮球锦标赛，宁波市又将这批原市篮球队主力调来集训。为检验训练成果和提高实战能力，球队决定年中去福州、上饶、金华三地作访问比赛，欲与三省三地不同风格的球队，边比赛，边切磋球艺，边交流训练经验。

我数着日子等待着，球队终于要来金华了。我将早些日子买好挂着的一篮上等大板栗拿下来，用刀在栗子的横向中间切一条口子，微微入肉为止，接着将它放入水中浸泡。几个小时后，去借学校厨房一口大锅烧煮。先在锅内抹上一层食油，将浸泡得微胀的栗子，按大小从底部往上整齐排放，然后一边小火烧，一边加少许水、油（要重复多次），加盖。直至锅内出现阵阵爆裂声后才可慢慢撤火。这种焖烧出来的栗子又香又甜又粉，好吃极了。我把烧好的栗子包裹好，带着它直接步行绕过官岩山在苏溪站上火车去金华，下午到达金华大桥附近宁波篮球队的下榻宾馆时，球队才午休后起床。严云与一群叽叽喳喳的姐妹们来接待我，我立即奉献出尚有余热的“稀世贡品”——油焖大板栗。那足足有七八斤的栗子瞬时被抢掉少半，只好叫严云快拿去男篮那儿分点品尝，待她从男篮那里回来，第二次哄抢终于把它一扫而光，前后大约半个小时。抢吃后，赞声不绝，好评如潮，严云自然倍觉开心。

接着，我去男篮那里礼节性拜访，看望了几个熟悉的球友。因为男女篮下午都还要训练，教练批准严云可以先在其房内陪我一段时间。她希望我留下来，第二天能看她们与金华队的比赛，但我因为有课不能耽搁，于是当天下午她去参加下半段训练时，我就乘火车返回学校了。

与严云合照

五、古塘迎客

趁宁波男女篮球队胜利完成出访“三省三市”任务后返回宁波要路过义乌的机会，严云决定请假来义乌中山中学探望我这个学兄、男友。

我因为有课不能去义乌接，只好告诉她，从金华乘火车到义乌站后，还要到义乌汽车站，买去浦江方向的古塘站票，即到。

我上好两节课后，立即去古塘站等。根据火车到义乌时刻，从火车站到汽车站步行及买票时间，以及汽车从义乌到古塘所需时间，算算应该可以到了，但从到站的汽车上下来的旅客中始终没有严云的身影，怎么办？只能等啰，要么来人要么来电，总有一个会到的嘛。大约比原估算的时间多了半个多小时后，她从到站的车上跳了下来。我一块悬在心上的大石头才终于落了地。

事后她偷偷地告诉我路上发生的故事：从义乌火车站下来，走到汽车北站，一路顺利。到汽车站一看车次和票价，发现出了问题，买张票还差1角几分钱，怎么办？身边既无亲友，又叫不应我（无通信工具），想只好用物（有许多体育用品）换钱或向陌生人借钱了。正在严云为难，踌躇要离开买票队伍时，旁边一位年轻妇女察觉后主动塞给她2角钱。严云想送她一样东西以表感谢时，她已走掉了。

初出家门经验不足呵！从外表看，高挑靓丽的女孩，穿一套崭新的高级运动服，一双高级运动鞋，拎一只漂亮的旅行包，怎会买不起一张汽车票嘛？她遇到的尴尬，有我的责任，为此，我觉得脸红，我觉得心里不安。

我先陪她到寝室去休息并用中餐。寝室就是"十间头"单身公寓二楼最东北的那一间，东西长约5.5米南北宽约3.5米的长方形房间，中间约三分之一处用双面糊纸的竹匾隔成前后两处，外面是厨房、洗漱间，有几张旧课桌及脸盆、厨具等；里面是卧室，有一张木床和一张写字桌，几把座椅和两个可放箱子物件的旧桌子；无卫生间，只有楼下的公共厕所。这就是农村中学单身教师的宿舍，又是远道而来客人的招待所（我已在其他老师处临时借住），可谓简陋极了。

从小艰苦，早早就独立外出打球的严云，对义乌车站的"挫折"倒不在乎，但看了我的"宫殿"后却是双眼发红，饱含泪水，弄得我也鼻子发酸，只好立即给予安慰。

她很喜欢学校的外环境，尤其是大石桥，浦阳江，黄宅市（去了一次）等，也很接受我的同事们。没过几天时间就与教工团支部书记魏老师及邻居几位老师熟悉了，尤其是与图书管理员王老师，路过他们家时坐下来交谈了几次后就像是老熟人似的。

下午课外活动时，他一身"戎装"到操场打篮球，挺拔的身材，姣好的面容，鲜艳的运动装备，加上漂亮的打球动作，立刻吸引了许多师生前来观看，把球场围得水泄不通。

篮球的各种运球、转身、传球、接球、定位投篮、行进投篮等基本技术演练一遍后，身子刚好微微出汗，准备活动也就做好了，接下来就可分队比赛了。打的是半场比赛，我与严云组一队，王、魏、陈三位体育老师组一队，每局10球，3局2胜。

篮球比赛“两人队”队照

体教队先中场发球。只见三位体教，经验老到，相互之间反复传球，企图伺机切入上篮或空当投篮得分；王、严两人并立联防，移动迅速，每每切断对方上篮路线和封盖投篮空间获得成功。终于耐不住了，“嚓”！中距离投出一球，不中，立即被王从篮板处抢入手中。

轮到王、严进攻了。体教队成前1后2阵式联防，王、严2人时运、时传、时切、时分，每当严云到左、右约45度角位时，接球就投，命中率约3投2中。那一个不进的，多数也是被王冲抢到手后再补篮得分。体教队也换过前2后1阵式联防，也换过盯人防守等，但总因“不够专业”

而败北。场外师生们看得津津乐道，掌声不断，笑声一片，气氛热烈之极。这样，一局下来多数是10 ∶ 6左右结束，两人队也以2 ∶ 0获胜。

后两天，两人队策略改变，该“放水”时就放水了。每局比分更加接近，甚至打到10分平后再打2球决胜；局比分也有打到1 ∶ 1平后，再打决胜局的。比赛更加紧张激烈，常常悬念丛生，看的人也更兴奋、高兴，纷纷鼓掌，为双方加油。

最近（2018年），在宁波的一次饭局中，碰到宁波粮油进出口总公司的姓傅老总，他说：“你是‘中山’王老师，是吗？我不是‘中山’学生，但我是浦江古塘人，曾经在‘中山’操场上看过你们打球。”真是一件奇事也！

六、初试牛刀

我从小好动、爱玩，那时候小孩子玩的东西，如打弹子（玻璃球）、滚铜板、捉蟋蟀、放风筝、丢石头、打水片、钓鱼、捉虾、摸螺蛳等我全会，而且还比较“精通”。读书了，上了体育课后，就爱上了体育活动，什么垫上运动、单双杠、爬杆、跑步、跳高、跳远、扔手榴弹、推铅球等都很喜欢，都想试试。初中时，又接受了近一年半的市业余少年体校的田径训练，打下良好的身体素质基础；高中时专攻球类运动，主要是篮球、排球、乒乓球三项。尤其喜欢打篮球，通过自己的学习钻研和不断的比赛实践，高二时，已是能打败许多市系统强队的宁波市中学生联队的主力成员了。大学时，也是校队的绝对主力。用现在的话说，在中学、大学里已经有了不少的篮球“粉迷”。

1963年上半年，义乌县（市）举行篮球比赛，我代表教育系统参赛。比赛中，我们打败了所有参赛队，其中就有机关红旗队和义乌稠城队等原来县里的强队，获得冠军。比赛中，我个人发挥也一场比一场好，一下子震动了整个义乌篮坛。

通过比赛，我结识了机关干部小俞、老倪，义亭中学体育教师余姚人叶某，稠城镇职工吴某，浦江中学老师杨某，浦江黄宅青年农民小黄等新朋友，还认识一位浙江篮坛大佬，曾任杭州市男篮队长的丽水人郭老师。郭老师爱人是义乌义亭中学的外语老师，此段时间郭正好在义亭探亲，所以他几乎看遍了所有场次的比赛。赛后，他向义乌县体委建议，组建一个新县队，要我当队长他当教练，集训半个月后再去参加金华专区比赛（暨省四届运动会金华队选拔赛）。

郭老师怎么这么空，探亲、看球、当教练、打比赛，要好几个月在义乌，难道他不要上班吗？后经了解，他已调到金华专区了，一时还未落实接收单位暂待在义亭家中。

义乌男篮经过调整和集训，实力大增，在金华专区篮球赛中，打败所有兄弟县队，最后与有好几个专区队员参加的金华市队比赛，以不大差距败北，荣获亚军。我还清楚记得这场球中的一个危险镜头：我已接后卫长球快步上篮腾空而起，金华队后卫追不上却在我腰上猛力一推，球虽入篮但我人却跌到场外，且头碰水泥看台，发出“嘭”的一声响，队员、教练纷纷赶来救护，我久久不能起来，万幸我头脑清醒，无有大碍。

专区比赛后，我被选入金华专区男篮，准备下半年专区队集训后赴杭州参加省四届运动会的篮球比赛。此时，郭老师已分配到金华文化用品厂（该厂是金华专区队的半工半训单位）工作。

七、勇夺亚军

这一年，上半年篮球比赛、训练、再比赛，出去了一个多月；下半年，又要参加专区集训和省里比赛，也至少需要离校一个多月。学校没有意见吗？学校要安排代课、代班主任等，自然会有意见。9月以后，县、专区几次催我去金华报到集训，但学校思想不通，一直顶着不通知我去。因此，当我去金华报到时，已是10月初了，离10月省比赛的时间已经十分近了。

在金华队中，有原省队下放来的著名中锋寿老师（兼教练，有较强的实战经验和理论功底），有浙江篮坛有“拼命三郎”之称的郭老师（体力好，速度快，篮子准），有省男篮二队转业的小徐等一批强将，加上新选拔进来的上海体院篮球专业毕业的遂昌县何老师，义乌中山中学王老师等，再加上已招工进文化用品厂训练一段时间的小青年中冒出来的尖子衢州人小汪、兰溪人小葛等。

既有强大阵容，又有速度快、篮子准，中锋狠的风格特点的金华队，终于在省第四届运动会篮球赛中，战胜了省公安消防队、省高校联队、杭州市、宁波市等强队而荣获亚军。

这里要说一说省军区队。省军区队本来就强手如林，但为确保四届省赛夺冠，听说又从南京部队篮球队中要回几名队员，真是强上加强，如虎添翼。省赛中，各队凡与军区队赛，均被斩20分以上。你说，那冠军还能是谁？

这一年，为要我参加三级（县、专区、省）篮球比赛，县教育局三次发调令文，但均遭到学校的抵制，而且书记还曾去局里当面提过意见。第二年，这位书记突然被降调到一所初中任职，听说此事与我有关，我感到十分内疚。在这里，让我再对这位书记说一声：“对不起！”

八、生活万花筒（一）

教书生活是刻板严肃但又是机动灵活的，是重复单调但又是丰富多彩的。

刚参加工作的新教师，一般都要担任两个平行班的课和一个班的班主任，而我有些特殊，两个班课却是一班初中数学课，一班高中物理课，加入共青团后再外加一个少先队大队辅导员，这是组织分配的“国家任务”。还有属于教研室之间互相支持和帮忙的，如训练学校高中男子篮球队、初中男子乒乓球队等，那就是“公益劳动”了。

下面让大家瞧一瞧这几只“生活万花筒”，领略一下“中山单身汉”的快乐生活。

婚宴上宾

进入“中山”的第一年，我任教两个班，一班是初中数学，一班是高中物理，还担任一个班的班主任。

任教的高中班里有一个郑姓的男同学，家住离学校十几里远的郑宅。他身材高大、壮实，是校男篮的队长。受学校委托，我曾带过男篮训练，觉得此生忠厚踏实，且刻苦顽强、谦逊好学，因而私交不错。

他高中毕业了。有一天，他突然来学校找我，说他大学不考了。家里要他马上成家，婚期已定在下月，邀请我务必届时出席。他言辞恳切，一片真情，弄得我倒有点不好意思了。一个刚毕业不久，还只20来岁的老师去参加学生的结婚大典，会不会很尴尬呢？但想来想去，一种非常想看一看“浦江农村婚礼到底是怎么弄的”好奇心终于驱使我决定出席这次婚礼。

婚礼如期举行。我因为路不熟，加上骑着“破车”去，到那里婚礼仪式已经基本结束，宾客们也已陆续被引领去安排的餐桌就座。新郎的父母知道我到后，立即过来迎接招待，并将我领到一间正室里就座。婚宴开始，新郎父母一定要我坐朝外上位，他们及新郎的一些长辈亲戚坐在左、右辅位，而且还不时将我这个“老师”介绍给亲朋好友认识，弄得我面红耳赤，好不自在呵！

江中嬉水

晚饭后，有什么活动吗？学校前不着村，后不着店，四周是一片农田，还能有什么活动呢？不，只要气温适宜，我们会去学校旁大石桥下的浦阳江里嬉水、沐浴，这是“中山”教书生涯中的一大“享受”呵！

浦阳江在中山中学北边的这一段，是自西向东从大石桥下流过几百米后，再折向北方向流去。如汛期，那江水像龙腾虎跃似的飞奔而下，

学校北面的浦阳江

激起高高浪花，发出隆隆响声；如不是汛期，这段江水除几个潭略深一点外，余大多不及一人站立之深。江水清澈见底，底里尽是砂卵石，大小不一，还很少带泥，所以江水含甘味，尽可放心饮用。工作之余，一群好友，拖着疲惫之躯，躺入淙淙流水之中，嬉水聊天 ，其乐无穷矣！

浦阳江

为整治浦阳江，县里要求“中山”师生参加筑沙堤劳动。其中一处，就是学校北面那个浦阳江的折转处。在涸水期，我们全校师生，一个星期要用两三个下午去江边挖砂石、挑砂石、堆砂石大堤。筑成后的大沙堤是东西走向、南北走向各一条，高约4米，宽约3米，长有100多米。

大沙堤筑成后，这段江的底也掏得平坦了，江水也更清澈了，汛期，江水对原折转处的两边江岸的冲击力，也因沙堤阻拦而明显减弱。

九、家访之虑

家庭访问是班主任工作中的重要一环。通过观察（家庭环境、条件），访问（面见家长、本人），交流（讲学校要求、谈学生表现、看家长态度）等能获得在学校里摸不到的信息，有效地帮助或鼓励一部分情况较为特殊的学生。

“较特殊”学生无非是两大类几种情况。一类是比较优秀的班干部或表现比较好的普通同学，家访的主要目的是报喜，以资鼓励，进一步调动其积极性；另一类是表现比较懒散或表现一般但成绩落后的同学，家访的主要目的是了解家庭教育情况，与家长一起分析学生落后原因，以利对症下药，促其进步。

家访去得最多的是郑宅、岩头、礼张等较偏远的地方。我常利用星期天去，一早出发，当天返回。去礼张单程就有约30华里，先是骑车在砂石公路上跑，一路颠簸，到了目的地附近时，还要问路，常常几个转折后才能找到访问对象。

家长对老师的上门访问，绝大多数是欢迎的，接待十分热情，常常会像接待贵客一样来招待老师。先送上一杯热糖茶，然后送上一碗糖水鸡蛋（3个或5个），接着又送上一碗手工麦饼或面条（多数咸味也有甜的），当你已经无法再接受任何食品时，主人又搬出一碗又一碗的菜，拿出酒，说是“吃午饭了”。据说，午饭后不久，喝茶、吃点心又将重复上演，你说吓人不吓人。

“上当只有一次，上当使人聪明”，再次家访，一到就与家长说好，还要去好多地方，不吃午饭。然后慢慢喝茶把话说完就走，真正走不掉时，最多再吃一只鸡蛋，一定离开。但回过头来仔细一想，“热情好客”毕竟是浦江的风俗习惯，也是对老师的尊敬和厚爱，是好事，如你做得过分，一概拒绝，也是对主人的一种不尊呵！而且，有时为了逃避这种接待，匆匆到又匆匆离开，也会影响正常的交流效果。

还有一事也让老师（尤其是班主任）感到闹心，就是到了端午、中秋、重阳等传统节日，少数家长总会叫学生带来一些地方特色的自制食品，如粽子、麦饼、鸡蛋、月饼等送给老师。被老师几次谢绝后，他们干脆就把食品放到你宿舍门口后一走了之，弄得你是谁送的也搞不清。此事能在班会上说吗？如果说了，送过的同学怕人家知道有顾虑，大多数没有送过的同学会感到压力。后来，我只好偷偷了解，个别工作，转达谢意，下不为例。

十、生活万花筒（二）

专利粽子

每年农历五月初五端午节，中国人为了纪念诗人屈原，各地流行着划龙船和包粽子两大传统风俗。每当此时，生活在外地农村的单身汉，虽然也能在本地同事或学校食堂里尝到粽子的味道，但要“丰衣足食”还得靠“自力更生”呢！

是不是可以弄出一种“做做简单，吃吃蛮赞”的新型粽子呢？

常常在为此而冥思苦想着。一次，从球场比赛回来，准备脱掉球鞋、球袜洗澡时，突然跳出一个想法：如果拿一只新的全棉袜子，将浸透了的糯米塞进去，塞实扎紧，然后放到锅中带水煮，糯米熟了不就是粽子了吗？当然，是一只像“足”状的糯米粽，形状不雅点有什么关系？

霎时，兴奋异常，买来一批大小不一的全棉男袜，先把它全部清洗，将袜上的浆粉成分全部除掉，然后立即投入裹包、煮烧、试味等实践。结果，试验十分成功，终于让我们吃到了一个个形状怪异的“懒汉粽”了。这里，要注意的是糯米必须浸透（最好浸一晚），炉子上要慢慢煮，火功到了糯米才会熟透好吃；但不足的是此粽无箬壳的那股竹香。后来我们在糯米中拌入少量食用碱，那煮出来的粽子也有了一股清香。

这样的创新性产品，难道不应该得到一个发明专利吗？

牙拼蚶子

宁波，地处东南沿海，与中国最大渔场舟山渔场相邻，所以，海产品极其丰富。宁波居民，大多喜欢吃鱼、虾、蟹及各种海洋贝壳。我也爱吃海鲜，而且就是吃着海鲜长大的。我曾见到过宁波大街上叫喊着推销大黄鱼的车，3角5分钱买一斤，也经历过节日前排着长队凭票买冻海鲜的场面。

在浦江工作后，每次从家里返回学校时，老娘总要准备一些海产品叫我带，其中常带的也是我最喜欢吃的是油氽“抱盐”带鱼等。用食品袋（纸）填满饼干罐底部和侧面，然后将冷却后的油氽带鱼放入罐内，再加封盖。这样，如果在冬天，放上个把月都不会坏，也不会走味；如果夏天，也能放上十天半月，不会变质。

一次，春节后我从宁波回到中山。吃饭时，我照常将油氽带鱼拿到餐厅与同事们共享，同时也将“呛蟹”（生蟹腌制）和“醉蚶”拿出来让大家品尝。结果呢？有人吃了“呛蟹”后，听说那是生的，立马呕吐一地；

有人拿起白白的蚶子就想咬开它吃，亏得我下手快把它抢过来，才避免了一场“牙碎血涌”的惨剧。

十一、学友兰芳

1962年进入“中山”初中的同学中，有个叫兰芳的女生。她“小巧玲珑”，头梳小辫，身穿花衣，大眼细眉，樱桃小口，面露笑容，说话干脆，办事老练。

她家就在黄宅市场东边的义浦公路旁边，是一幢两层的砖木结构的楼房，像是刚新建或翻修过的。我去黄宅时，常常会进去坐一坐，与兰芳的爸妈聊聊天。她爸妈总是那么客气地笑脸相迎，好茶相待。

因为我放假回家先要从郑家坞乘浙赣线火车到萧山，再在萧山待上几个小时后转乘杭甬线火车去宁波，即使转上当时的“快车”，也要到傍晚才能抵达宁波。所以，我常常从学校骑车到黄宅，将自行车寄存在兰芳家中，再乘汽车到郑家坞；返校时，也要傍晚时候才到黄宅，再去兰芳家拿车骑回学校。

兰芳家成了我出行（返校）的第一站（终点站），成了我单车和其他物品的寄存处。去兰芳家总觉得像是到了亲戚家一样的自然和亲切。

1965年兰芳初中毕业。第二年5月起就开始了“文化大革命”，学校一会儿“停课闹革命”，一会儿“外出大串联”……我趁机当了一个“逍遥派”，在宁波与浦江两地随“革命形势”而奔走。就这样，直至1969年，学校都没有开展过真正的教学工作。

1969年，全县教师在浦阳镇集中政治学习，搞“清理阶级队伍”，“回队任教”，我才获得与余姚师范学校一位浦江籍教师对调的机会，回到了与宁波相距一个小时火车车程的余姚县（市）工作。

学友兰芳旧照

之后，我们师生之间，五十多年来一直保持着联系，我与她先生及全家人都成了好朋友。其间，我也曾经多次亲自访问过浦江，与兰芳夫妇相聚；她也好几次趁来宁波办事机会，探望过我们。

我知道她参加工作了，在县里一家工厂做供销，还常外出搞紧缺物资的采购；知道她结婚了，对象是部队转业干部赵君；知道她生孩子了，第一个是男孩，第二、三个是女孩；知道她夫君转业回浦江后，在县政府计划经济委里当了领导；知道她从小就勤劳刻苦，善于理家，夫妻和睦，家庭生活幸福；知道改革开放以后，浦江有了空前的大发展，兰芳夫妇俩独具慧眼，在买地、建设投资上，敢担风险，敢为人先，先后在黄宅、浦阳镇等地购买了一些房地产，并获得成功，从此走上了富裕之路；我也得知，兰芳夫妇为人善良，乐于助人，但却曾被一个骗子骗去房产证作抵押贷款，遭受到重大损失。现在，他们的儿女各有事业，个个蒸蒸日上；孙辈们有的已经出国留学，有的正在国内读研深造。真是儿孙满堂，共享天伦之乐也。

学友兰芳全家福

2000年后，当我快要退下来时，我又做了一件人生中值得骄傲的大事——参与创办了民办宁波大红鹰学院。所以，我又多次率领老师去金华、衢州等地，尤其是去浦江、“中山”等地（单位）做学院的宣传和招生工作。其间，又多次受到兰芳一家的热情招待，每次都能尝到她精心准备的特好吃的“猪肉豆腐馅”麦饼和“全国闻名”的浦江豆腐皮，让我一次又一次地回忆起在浦江的那一段“美好时光”，回忆起与浦江兰芳一家结下的长达五十多年的友情和亲情。

学友兰芳近照

十二、生活万花筒（三）

苏式单车

学校地处义乌稠城镇与浦江浦阳镇之间，距稠城约30公里，距浦阳镇约20公里。学校往浦江方向约3公里处，就是浦江县交通枢纽黄宅。黄宅在义浦公路边，集市广场呈袋形，约几千平米，商铺环形而立。南端有一个坐南朝北戏台，每当农历八月十三庙会时，就有以地方戏婺剧为主的演出，观众人山人海，热闹非凡。平

黄宅老戏台

时，每逢农历三、六 、九日是市日，商店会全部开门营业，而且店前和行道旁摆满了出售当地各种土特产的小摊，往往十分拥堵，人满为患。如果星期天遇到市日，我们外地单身朋友常常会一起去黄宅；如市日时上午我刚好没有课，有时也会偷偷溜去黄宅。对于单身汉来说，去黄宅一是看看玩玩，解解闷，二是买点吃的，改善改善生活，解解馋。吃的买得最多的是“轮”（鸡蛋）和肉，那“轮”很新鲜，只5分钱一个；那肉特别香，如果在宿舍里炖，再放上一两片香叶，就会香飘满楼，口水欲滴。用的买得最多的是“青炭”，一种又硬又亮的木炭，它的特点是燃烧时温度高，而且耐烧，是家用小炭炉的理想燃料。

去黄宅，学校旁古塘村口有汽车可乘，但因为班次少，往往凑不好，等不及。我基本上是骑着学校的一辆旧脚踏车去的。那辆车是苏式的，虽旧但钢质量很好，几乎没有锈斑。这辆车也很特别，没有手刹车，只有脚刹车，即向前踩前进无刹车，倒回踩就刹车不前进。初骑的或反应迟钝的人不易掌握，常会摔跤。所以，后来这辆车就不知不觉地成了我的“专车”。

黄宅农贸市场

天下雀雨

“中山”，除了北边不远有一条浦阳江流经、西边校门前有一条义浦公路通过外，其余周围皆是农田。而且，不知何故，浦江的公路旁和平原地区的村庄里，普遍缺少栽种的树木。

每当收获季节，成群的麻雀就会来农田抢食，它们一旦吃饱了，天黑之前就会找竹林、树林站立过夜，于是“中山”的一片大树林就成了它们理想的“星级宾馆”。

一个周末，晚饭后天突然一片漆黑。不久，电闪雷鸣，下起特大暴雨，雨点似黄豆般大，而且下下停停、停停下下，足足下了大半个钟头。这时，奇迹发生了，大树上落下来一只只麻雀，它们只会在地上扑腾，窜来窜去，而不能离地高飞。一位老师发现后，就大叫“抓麻雀，抓麻雀”，我们立即奔去“支援”。就在教学楼的前面走廊上，我们抓一只，在地上摔一下，抓一只，摔一下；有的还会在地上低飞，但落地后又被抓住摔昏（死），当然也有个别的又飞上了树或钻进黑暗角落里而逃脱。这样，大约也就个把小时，我们就抓到了麻雀350多只。这要是在“大跃进”年代，就会成为“除四害”的模范。

用剪刀剪下雀头，然后从其颈部起，剥掉全部皮毛，再剖其肚将内脏全部拉出，只留下肝、心，清洗干净。除将100多只战利品分送给住校家属的孩子们品尝外，余200余只，我们借来一只大锅，用油爆后再放姜、酒和大料（茴香、桂皮）红烧，当晚就碰杯聚餐大品美味了。

富豪吃山珍海味，老百姓也有自家美味，即“天上斑鸠（一种生长在南方竹林、树丛中的比麻雀大几倍的小飞鸟），地下泥鳅”，而新鲜活杀肥壮的麻雀决不逊于斑鸠，味道鲜美极了。平日里单调重复的食堂菜吃腻了的我们，那晚简直成了“活神仙”。

大吃后，还剩下一半左右，几人各分一碗“回家”。第二天又高兴地分给大家品尝，都赞不绝口。

十三、情深意长

20世纪90年代初，我已在宁波市教育委员会上班了。一天，我刚参加了一个会议后回到办公室，有同事过来告诉我，说有两位浦江客人在委办公室里等我，于是我马上过去看他们。

其中一个是我浦江“中山”的学生，一眼就认出来了，另一个却不认识（后经介绍知道是学生厂里的一位同事）。

这学生马上叫我：“王老师，我是你的学生，你还认得我吗？”

我说：“认识，但抱歉！教过的学生太多了，名字叫不出来了。”

他又说：“我是‘中山’1965年毕业的，我叫李庭。”

“噢！想起来了。你读书时，是一个胖墩墩的聪明活络小男生，现在，长成了一个高大精干的男子汉了，但面相变化不大，还是留着当年那种机灵睿智的笑容。”我说。

学友李庭近照

接着，立即把他们二位邀请到我的办公室去坐、喝茶。从交谈中知道，改革开放以来浦江同全国一样发生了巨大的变化，乡镇企业也有了迅速的发展，他办起了浦江第一家运动针织服装厂。他们这次来宁波出差，就是想吸取宁波针织服装行业的经验，拓宽产品的内、外销渠道，进一步办好这家服装厂。

我听了非常高兴。暗想，宁波的乡镇企业在全国是有名的，而宁波的校办企业也是顶呱呱的，就拿针织运动服装来说，象山爵溪一个职业学校的校办厂就是做得很好的，已经远近闻名。这次可以介绍他们去取经，去洽谈可能合作的生意。

吃中饭时间到了，我请他们二位一起坐车去市教委下属的“园丁宾馆”(招待所)吃饭。中饭后，将要送客离开时，我突然头晕倒地，驾驶员立即送我到市一院急诊，诊断结果是“颈椎第4第5节增生，压迫神经造成头部供血不足”引起的头晕，要我静躺，给我打针，整整治了半天，晚上很迟才出院回家。

这是我有生以来第一次发作的严重头晕，而且到现在为止也只有这样的一次。李庭学友，真对不起，我送医院后，就与你们分别了，连我原来的打算也未能实现，遗憾呵!

俗话说“有缘千里来相会”。我说“有缘久别也相会”。

我与李庭相距几百公里，20世纪90年代初相别二十几年后在宁波相会了。

又过了二十几年后，我们在浦江再次相聚。

到了新世纪，他在杭州滨江办了一个“浙江中非经济文化交流中心”，我因要照顾被杭州人才引进的女儿和外孙，2013年在杭州滨江也买了一套房，两处相距竟只有几百米。浦江相聚后，我已几次去访，且还共进过午餐。

他杭州家住钱江新城的“蓝色钱江”小区，我女儿为考虑工作方便，也在学校附近的“蓝色钱江”买了一套房（我俩老赴杭也基本住在那里），忽然之间，我们又成了邻居，并进行过互访之礼。

他主动介绍他儿子公司为我女儿学校组建3D打印社团，帮助学生学习、掌握3D打印的知识和技术。现在，社团中已有学生在相关竞赛中取得良好成绩。

更令人感动的是，在2015年同学浦江聚会之后的第二年，他又牵头发起浦江“中山”65届部分同学赴杭访师活动，地方选在“万松书院”，含有深远的人生意义。

有人说：“朋友不在于数量之多少，而在于交情之深浅；朋友之交不在于相处时间之多少，而在于灵犀相通情意相投互相欣赏互相帮衬。”

李庭，他三十多年来，经过党的培养，学习深造，发扬艰苦创业精神，走出国门，积极努力发展外贸经济，并热心从事促进中非经济文化交流等各项社会工作，终于成为浦江一位著名的企业家和社会活动家。现在，他是金华市政协委员，又是省侨联海外顾问，省贸促会驻南非联络处首席代表，南部非洲浙江商会名誉会长，全非洲中国和平统一促进会名誉会长。

他曾响应家乡党委、政府的邀请，以浙商回归的优势，为整合治理浦江水晶产业引起的环境污染而作出过努力和贡献。现在，他还在为促进中非友好事业继续努力。

李庭，作为朋友，我要为你喝彩！作为老师，我因有你骄傲！师生情，朋友情，情深似海！教学缘，邻居缘，义高如山！

李庭创办的企业及其在南非照片

十四、乒坛扬名

前面说过，我在“中山”工作期间除了担任两班课和一个班的班主任的“组织任务”外，还承担了校少先队大队辅导员以及篮球队、乒乓球队教练等“公益任务”。

在校团委领导的亲自指导帮助下，1963年，我出席义乌县少先队辅导员代表大会，并被评为县优秀少先队辅导员。

1964年下半年，义乌县举行县中学生乒乓球比赛，我率领以我班吴雪明和金家根为主力的校乒乓球队参赛。比赛是在义乌中学举行的，我队过关斩将，所向披靡，进入半决赛，最后荣获初中组第三名，这是“中山”有史以来难得的好成绩。

回来后，小队员们信心更足，训练也更认真刻苦了。

训练每周三次，每次两个小时，均安排在下午课后实施。因无专门乒乓室，训练就放在大礼堂进行。大礼堂西高东低，略有坡度，这给打球增加了一定难度。

一号主力叫吴雪明，右手直握拍。个子略高，但偏瘦；性格沉稳，不善言谈。他攻防技术比较全面，比赛发挥比较稳定。二号主力叫金家根，右手直握拍。个子稍低，但身体结实；眼睛炯炯有神，性格开朗活泼。技术属左推（挡）右攻型，进攻比较凶狠，但有时失误偏多。

主力吴雪明近照

主力金家根近照

训练从基本功开始。练左侧位近台推挡，练右侧位近台起板，练中间位推挡加侧身起板；练弧圈拉攻，练半高球高球进攻，练对攻；练一攻一防，一拉一削；练各种旋转发球，练各种落点发球，练多种速度结合旋转、落点发球。方法有：学生对练，师生对练，模拟比赛等。

当训练对拉对攻或一攻一守时，周围常常围满了观看的学生，每当出现对攻多拍来回时，一攻一守长时对抗时，观众都会报以热烈的掌声。尤其是当我与学生对练时，学生打左右长短结合的拉攻、我打远台切削防守加反击时，观众情绪更加热烈。只见一边一拍一拍的变着落点地拉，另一边忽左忽右、时进时退的一拍一拍地切削，当达到20个来回时，观众沸腾了，自动地帮着一起数起数来，“21，22，23——”直至此球结束为止，同时带来笑声一片。

还有一种情况，进攻者拉长球逼使防守者远离球台时，被对方击回，接着又放一反弹短球，而防守者立马快速移动至网前一拍反将对方打死，观众简直要蹦跳起来，掌声、欢呼声会久久地在礼堂内回荡。这时，运动员也被调动得十分兴奋，收到了既训练基本技战术又增加临场经验的效果。

练了基本功还要练简单的技战术配套，以提高实战能力。基本技战术主要有：发球旋转、速度与落点变化战术；接发球抢攻战术；侧身进攻战术；防守反击战术；进攻前三板配套战术；2分决胜期单打战术。至于双打战术，规则规定两人要轮流击球，所以比赛时会出现一打一让，互相阻挡局面。所以战术上主要是解决两人的站位，移动，攻击及防守方向，攻防转换节奏等问题。

最后是综合训练，模拟比赛。常练的有学生比赛（单、双打），师生比赛（单、双打），一对二比赛（一个老师打两个学生），与外单位比赛（团体赛一般采用两场单打，一场双打，3局2胜制）。

1965年，义乌县（市）举行乒乓球锦标赛，比赛分成人组（男、女单打），高中组（男、女团体），初中组（男、女团体）共6组。团体赛一律采用“两单一双，3局2胜”制，单、双打也一律采用3局2胜制。我们学校报名参加了初中男子团体和成人男子单打比赛。

经过上一年在义乌中学打第三名的实战锻炼，又经过赛前足足三个月的系统的针对性训练，参赛队员个个朝气勃勃，劲头十足，满怀信心地奔赴设在义乌赤岸中学的赛场。

艰苦的战斗历程，反复的意志磨炼（具体的艰难曲折，矛盾斗争不多说了），最后，中山中学终于夺得了1965年义乌县乒乓球锦标赛初中组的团体冠军，捧回光闪闪的金杯，为学校赢得了荣誉。

我也托球队的福，获得了乒乓球项目的县级单打亚军。

十五、忆先勇友

先勇，姓沈，男，浙江宁波市鄞县（区）栎社人，宁波一中高中毕业，1961年金华师范学院毕业后，当年分配到义乌中山中学工作。

他，中等个子，浓眉大眼，皮肤稍黑；他个性沉静，不善言谈；他喜爱美术与工艺劳作，有较强的动手能力。他自学过一些简单的魔术，曾在部分师生面前露过一手，赢得好评。

他是我老乡、大学同学，又是一起分配到“中山”数学教研组的同事，但年纪要大我2岁。这“三同”，让我们走得很近，成了无话不谈的朋友。

1965年某一天，他找我谈，说发生了一件为难的事，要我参谋参谋。什么事呢？原来是“恋爱”那回事。为难的是，女的是他任课班里的学生，浦江郑宅人，年龄比同学稍大，也长得比较成熟，而且还非常主动，每次回家总要拿来好吃的东西送他，在校一有空就往他宿舍跑，帮他洗衣服、整理房间、打扫卫生。这女生与沈言谈之中表示，初中毕业后，家里就要她停学嫁人。还说：“如果嫁人，就要嫁给像沈老师那样的男人。”

哇，女的已经如此大胆表白了，男的怎么办？

我与沈说，首先，此事要绝对保密，两人也要减少校内单独接触，务必不要让其他师生知道。道理很简单，明文规定中学里师生在校期间不准谈恋爱；第二，作为好友，我劝他尽量不要找外地女生，因为地域、背景、兴趣爱好、生活习惯多有差异，会给今后长期生活带来一定麻烦；第三，话也要说回来，如果真的谈上了爱上了，也要珍惜这份感情，建议待女生毕业后再相处一段时间，比较成熟后再结婚。

后来怎么样了？女生初中毕业后，过了一段时间后两人就结婚了。

“天有不测风云，人有旦夕祸福”，1966年，“文革”停课后不久，他告诉我，早晨刷牙常出血，且血迟迟不止；后来又常发现鼻子出血，血也一时难止等情况。我劝他立即去医院检查，义乌医院诊断为白血病，于是立即转到上海再检查，上海医院诊断仍是原来结论。他立即决定，就在上海住院治疗了。

1966年至1968年，先勇一直住在上海医院里治疗，除吃药外主要靠定期的输血（换一部分血）来维持生命。

据我了解，先勇父亲早亡，靠母亲做工养大。其母原是上海一纱布厂的车间工人，后调到厂里食堂工作。其母在上海市区有一小套住房，根据当时上海情况，这套住房若只住2人，水平已属中等以上。

1969年，我参加县集中学习结束，准备办理调回宁波余姚手续时，突然接到先勇病危的消息。学校马上派我代表组织去上海探望。那天，我与其母一起到医院病房，只见他脸无血色，眼无精神地看着我，当将病床摇动，把他身子慢慢升高一点时，我对他说："学校停课后，一直没有复过课。是领导派我来看望你的，是同事们托我来探望你的（顺手递给他一包慰问金）。"

他轻轻说："谢谢领导，谢谢各位同事，谢谢你。"

又说："这次我怕是逃不过去了。"

我说："不会的，不会的，你会慢慢好起来的。"

他摇摇头，流下两行清泪。

看来，他经过近四年的治疗，自己已对治好此病失去了信心和耐心了。

从医院出来，回宁波的交通已不便了，先勇的母亲请我去她家过一夜，第二天再走。在交谈中，知道先勇已生有一子，多数时间由孩子娘在浦江带着。

不久，传来先勇逝世消息，真是悲痛之极，惋惜之至。

十六、“中山”再见

1969年9月，我办好了调离浦江的所有手续，将介绍信放入囊中后，才去找在浦江的篮友杨尚中（浦中体育老师），篮球学生、县革委会成员黄君，以及几个原县队队员。

我说：“上级规定教师要‘回队任教’，我也可以调回老家教书去了。”

他们说：“王老师你不要走，浦江体育需要你。”

又说：“你又不是一步调到宁波，去余姚还是不如留在浦江好。”

还说：“过一段时间后，我们一定会帮你一次性调回宁波老家去的。”

我说：“在浦江已经是第九年了，儿子也会奔了，应该回去了。”

又说：“这次调动不仅有‘天时、地利’，还有‘人和’，贵人相助，贵人就是刚来浦江担任军管会主任的某某，他当过我们金华男篮的领队呢！”

还说:“谢谢各位好友的真诚挽留，我意已决，且已办好了一切手续，今天是来向各位老友告别的。”

再说:“领队帮我这个‘上有老，下有少’，已漂泊在外多年的‘朋友’调回老家去，你们无论怎样都不能去怪他啊！”

话说到这里，全都明了，还有什么可说呢。他们也改口说“要谢谢我”“要送送我”“要我常来浦江”之类的告别话了，那顿原来是我请他们吃的饭，也变成了他们给我办的送别宴（他们一定要买单）了。

离开浦江先调到余姚。本可到裁判朋友帮我联系好的县城一所学校工作，后因国庆几场球赛要我上场“表现”，被梁弄“五七工农兵学校”（原余姚师范）校长及一批球迷发现，以与该校教师对调为由硬把我拉进梁弄去。

因为认定目标是宁波，余姚只是过渡，所以，一直在想办法、找机会再作调动。结果梁弄工作两年，县里工作两年后，又在一位德高望重的老首长（一个贵人）帮助下调回宁波，那已是1972年了。

王老师全家福

回宁波后，在母校（效实中学）埋头苦干地教了十二年数学，1984年升任宁波市第十六中学校长，1985年又被选调到市教委，历任处长、办公室主任，1988年任市教委副主任、党委委员。进入20世纪90年代后，由于我在市教委工作，与全省各地的教育部门联系紧密了，对金华，尤其是浦江、“中山”的发展也更关注了。

一次，省里开会。吃饭时，当我知道同桌的丽水市教委黄主任是浦江人，而且还是“中山”的学生时，我对他说：老黄，今天你要叫我一声老师，敬我一杯酒了。

他满脸疑惑地看看我说：为什么？什么事啊？

我说：因为你曾是浦江中山中学的学生，我曾是那个学校里教过八年书的老师。

他哈哈大笑，连说“应该、应该”。大家也高兴地笑了起来。

我们都在时时刻刻地关注着“中山”的发展和变化。“中山”虽然历史悠久，师生敬业，山清水秀，交通便利，但地处县域边缘，在一县一重点（高中）这样的普教布局政策中难有优势，因此在很长时期内，校舍建设、师资队伍建设等都得不到重点扶持，学校也一直徘徊在转轨（职高、综高）中难以迅速发展。

2001年上半年，我以“宁波大红鹰职业技术学院”的招生主要负责人身份来到浦江，走进“中山”，对时任县教育局高校招生办主任黄根荣（刚离任中山中学校长）、中山中学校长黄雄说：“我是特地来‘中山’的，希望‘中山’学子能多一点考入‘大红鹰学院’。”

随着“大红鹰学院”的快速提高和发展（2008年学院升格为本科院校；2018年经教育部批准学院更名为“宁波财经学院”），浦江、“中山”

考入“大红鹰学院”的学生也越来越多。我相信，现在及未来一段时间，“宁波财经学院”将会成为“中山”学子升省内大学时重点选报的学院。因为“适合的就是最好的”。

一个有“浦江情怀”“中山情结”的宁波教育人，会永远惦记着、思念着浦江的山和水、“中山”的人与情。

“中山”再见！

1965届初中毕业照（二排左一为本文作者王翊士老师）

四明篇

余姚，宁波市的县级市，地处浙江省宁绍平原。与宁波市江北区、海曙区、奉化市、嵊州市、上虞县（市）、慈溪市接界。

余姚得名，说法不一。其中一说，“邑有句余山，又南有姚江”，故名。

秦时置余姚县（市），属会稽郡。东汉建安五年（公元200年）始筑县城，为浙东古县城之一。唐时，一度升为姚州。宋为“望县”，余姚州。明，废州复县。清，余姚光复。

余姚人杰地灵，是姚江学派的发源地，也是虞世南、王阳明、黄宗羲、蒋梦麟、余秋雨、沈君山等人的故乡。境内有七千年历史的国家级文物保护单位河姆渡遗址。2017年，被命名为国家卫生城市，又被评为全国文明城市。

姚江，余姚的母亲河。源于四明山夏家岭，自西向东经余姚中部，汇入宁波市甬江出海，全长109公里，境内流长54公里。

四明山，余姚的骄傲。它是中国抗日战争时期十九块革命根据地之一，解放战争时期江南七大革命游击区之一，它为中国的抗战和解放大业作出了巨大贡献。梁弄是它的中心，那里有四明山革命烈士纪念碑、浙东区党委旧址、新四军浙东游击纵队军史陈列馆等许多红色教育基地。

余姚镇风景一瞥

十七、阿嘉师傅

阿嘉，大名吴永嘉，男，余姚人，20世纪30年代后期出生，余姚市邮电局职工。他个子矮小，皮肤偏黑。他喜欢“三滴水”，但量不大；他说话风趣，“戏话”连篇，常引人捧腹大笑，而自己却一点不笑。他是20世纪50年代的篮球国家一级裁判员，当时，这样高级别的篮球裁判整个宁波市里也屈指可数。他爱交朋友，又讲义气，所以在余姚市体育界不知“阿嘉”的几乎没有。

在1960年省大学生运动会篮球比赛，1963年浙江省第四届运动会篮球比赛之后，我与阿嘉师傅相识。1964年，我与严云结婚后，与他更熟。当时，我原工作地义乌县以“工作需要”（包含打球需要）为由不同意我调回家乡宁波，一直拖到“文革”开始后都未解决。阿嘉知道后，就动员我先调到余姚，再想办法调回宁波，走个“曲线救国”之路。

我们一下子心动了。从义乌回宁波，乘浙赣线换乘杭甬线火车，中间在萧山转车，要花整整一天才能到达；而余姚到宁波乘火车只要一个小时，而且班次很多。如星期六，晚饭后乘火车回宁波，到家还只8点多；如星期一乘宁波早班火车到余姚，再到学校上班还能赶上第一节课。平时，如家里遇到要事、急事，一个电话，最多半天也能赶到。

知道我愿意调到余姚工作后，阿嘉十分高兴，并十分努力地帮我介绍联系县革委会中管文教的机构与领导，帮我介绍联系县城一所中学。有关单位了解到一位年轻的篮球"高手"（省四运会男篮亚军金华队成员）想调到余姚工作，也表示十分欢迎。

1969年上半年，我参加了在浦阳镇举办的浦江县（已从义乌县中分出复原）全体中小学教师政治学习，主题是"清理阶级队伍"。对于一个还不到30岁的外地青年教师，几乎是个陪听、陪坐的"客人"。

趁这次学习机会，顺便做了两件好事。

一是帮助县里建造了第一个灯光球场。县体委委托浦江中学体育教师杨尚忠，在浦中旁边建一个灯光球场，杨找到我，要我帮助他。于是，从设计、施工、督工到采购篮球架，场地画线等，足足忙了几个月才完成。

二是帮助杨尚忠训练提高了浦中女子篮球队水平。那年4、5月份，严云带着还只2岁的儿子来浦江探亲，就住在向浦中借的一间小小的宿舍内。闲时，沿校内走走，看到了校女篮的几次训练，回来就与我说：缺乏篮球意识和缺少正确的基本技术模仿是他们训练的致命伤。我对老杨说："一个专业篮球选手送上门来还不拜请啊！"他立即脑洞开窍，当天就把严云请去做篮球基本技术示范和指导。场上，严云在我的配合下，依次做了脚步移动（跨步、移步、滑步、转身等），跑动（直线跑、弧线跑、横向跑、后退跑及急停等），传接球（短传接、长传接、击地传接球、背后传接球、肩后传接球等），运球（直线快速、变速，左右手交替、变向，胯下、背后一次变向），投篮（双手或单手的定位投、切入投、急停投、传切投等），抢篮板球（占位抢、堵位抢、挑拨抢等）。动作准确，轻快，似行云流水；配合默契，球到人到，如丝帽咬合。女队员们个个看得目瞪口呆，拍手叫好。就这样，经过几次辅导和训练，学得快的已像模像样，学得慢的也有了显著变化。

就在政治学习快要结束时，又传来有利我调回宁波的两大喜讯：一是余姚梁弄五七工农兵学校（原余姚师范）有一个浦江籍的历史老师也要求调回原籍工作，报告已从学校送到县里；二是在清理阶级队伍后，农村学校教师可选择“回队任教”，即调回农村老家去教书（这一松动，老家在城市的只要有接收单位，也可调回去了）。

余姚镇风景一瞥

我立即将此信息告诉阿嘉，阿嘉马上与余姚文教局联系，于是很快地办妥了余姚那面的一切手续，只等我带着浦江方面的介绍信去报到了。

当年国庆节后调入余姚，1972年又从余姚调回宁波。除了回宁波后，去母校教了十二年的数学外，其余时间我们俩生活中都没离开过篮球，自然也没有中断过与阿嘉的交往和友谊。特别是1985年后，我任宁波市篮球协会顾问，阿嘉任余姚市篮协主席、宁波市篮协副主席(并获得了荣誉国家级裁判称号)。通过办赛、观摩、会议等活动与阿嘉接触的机会也更多。近几年阿嘉师傅的耳、眼均患上病疾，因此几次来宁波开会都需人陪同。衷心祝愿阿嘉好人一生平安，身体健康，生活幸福。

十八、逼上梁弄

1969年9月下旬，我已调离了浦江回到宁波家中休息，准备国庆节后就去余姚新单位报到。此时，阿嘉来电要我代表文教队参加国庆节时举行的县篮球比赛，我盛情难却，一口答应下来。

国庆那天，我与严云乘早班火车去余姚，8点不到就到达目的地。阿嘉师傅为了接待我们，特地将自己城里的住处让出来给我们休息，他与夫人去丈母娘家住。

经了解，当时活跃在县里的强队主要是东风厂（棉纺厂）队，汽车站队，通用厂（机械）队，黄湖农场队等。报名参加这次比赛的是上述之中的3个，所以特地又组织一个文教队（体育老师为主）参赛。比赛采用单循环制，4个队6场比赛，一天打完，即每个队要打3场比赛，上午、中午、晚上各一场，密度是足够大的啰。

第一场，对东风厂队。东风厂队是余姚的第一强队，队中有一半左右是县队队员，其中，阿四、阿五两兄弟以及一个叫光辉的三人名气最大。该队的特点是体力好，快抢快跑快攻，虽然立定投篮命中率不算高，但由于进攻次数较多，所以一场球下来得分还是不会太少的。文教队，我是新加入的，与其他队员都不认识，更谈不上配合了，但因为都是“学院派”，都懂得书上所说的一些基本技战术，所以确定以“缩小防守保篮板，减少失误阻快攻”为防守战术；以“小配合打篮下，切分球投中篮”来提高进攻的成功率。文教队内不仅长短不齐，而且胖瘦也不一，其中有一个台州人叶老师，个子中等，弹跳极好，身子灵巧，是县队主力之一。

比赛开始，东风厂队果然打得很“冲”，但因为我们提前防了一手，所以，他们长传快攻屡屡失误，短传快攻也往往被阻于罚球线之外，只好以中距离投篮来结束，降低了成功率。我队通过2—3人之间的小配合，创造篮下进攻机会；通过后卫切分，创造外围投篮机会，因此一段时间两队比分交替上升，几乎难分伯仲。随着我队队员之间的配合默契度提高，我这个只有177厘米的前锋兼中锋，凭着篮下多样的进攻技术和逼真的假动作得分迅速上升；对方凭着充沛的体力，多次冲垮我队喘着气跑不到位的防守而轻松上篮得分，比分急剧上升。最后，参差不齐又散沙一盘的文教队以微弱劣势败北，但却把县第一强队吓出了一身冷汗。

下午，我队与汽车站队比赛。汽车站队队长叫阿昌，余姚人，县队队员，体力与技术都不差；队内还有一个一米八十几高的中锋（或后卫）转业军人宁波人李医生。此队与文教队一样，人员不够均衡，体力不是很强。这场球，我改打组织后卫，传出不少好球和妙球，引得满堂喝彩；也有几次突破切入上篮至最后空中的二次动作，赢得热烈掌声。这场球，文教队较轻松地获胜了。

晚上，与通用厂队比赛。因赛程安排过紧，业余球队普遍感到体力不足，所以这场比赛反而打得更加轻松。我们让前两场作替补的队员多人上场；主力队员调节体力、轮换上场；主观上不追求高比分，不斤斤计较比分得失等。论实力，这场球应该可以赢得更多，但结果却是比下午赢汽车站队的还少几分，大家皆大欢喜。

我知道，这三场球是余姚篮球界对我篮球水平的一次公开鉴定，也是余姚篮球界朋友对阿嘉裁判的“牛皮”的一次现场检验。我后来知道，下午那场球还是余姚五七工农兵学校（梁弄，原余姚师范）陈校长及张、韩、王、杜、金等教工篮球队主要成员对我的一次实地考察。

国庆假期后，阿嘉先告诉我：“小王，国庆比赛打坏郎哉。”

我问：“是指输了一场球吗？”

他说：“不是。是梁弄学校校长、部分老师看了一场比赛后，就指名要你调到梁弄五七工农兵学校去，理由是你与他学校一位浦江籍老师对调，对调必须到位。”

我说：“不是已经分配去东风中学了吗？难道文教局的决定也可推翻吗？”

他又说：“梁弄这个学校是县里最高学府，历来受到县里重视，而且他们还提出了能上台面的理由，所以县里同意他们要求了。”

还说：“现在，文教局领导要我做你的工作，希望你能接受这个变动了的安排。”

好不容易从金华专区调到宁波专区，而且是到了只有一个小时车程的余姚镇工作。正在庆幸之际，忽然一桶冷水当头泼下，说应该翻山越岭去梁弄上班才对。

我又有什么办法呢？因为我已没了退路，而前进之路（调回宁波）尚未打通。

我被“逼上梁弄”，但从此，我也爱上梁弄。直到现在，我还是时刻关注着梁弄，为梁弄的快速发展和巨大变化而高兴、自豪。

新教学大楼前广场

十九、“五七”学校

从余姚南站坐汽车，经梁辉、黄明，翻过高地岭到湖东，再进去就是梁弄，距离县城约60华里，时间约一个小时。

余姚县（市）五七工农兵学校坐落在四明湖的西南侧。它是由原余姚师范学校更名的。校大门朝东，进大门几十米后右转就是一条长约60—70米宽约3米的南北向大通道，通道两侧是绿化带和花圃。通道后面，第一幢是砖混结构高平屋，用于行政办公，总务处、医务

原余姚“五七工农兵学校”大门及警卫室

室等就在那里；第二幢是四层钢混结构的教学大楼，第三幢是三层钢混结构的实验楼；再往西北就是一个木结构的约1000平米大礼堂和厨房、食堂。它们的东面也有一条南北向的大通道，一直通到学校最北区的大操场。

学校行政楼

大操场面积不小，但条件较差，全部是沙土地；有几个篮球场，有直跑道但无环形跑道；一下大雨，操场就会大面积积水，无法使用。

学校大操场中的篮球场

这条通道也是教学区（西）与宿舍区（东）的分界线。宿舍区里有两组房屋，每一组由3—4排深红色的高平房组成，每一排有南北朝向约

30平米大小的房4—5间。我就住在最东边那组第一排的东边第一间，同排居住的有周显宝老师、厨房明昌师傅夫妇等人。

学校教工宿舍

学校的道路两旁，楼群之间种满了树木、花草，绿化面积约有校舍面积的一半左右。最难忘的是宿舍区树上长的小黑虫，夏天，叮得你不敢穿短裤和短袖衫，叮得你晚上不敢在门外乘凉。

根据毛主席1966年5月7日指示（简称“五七”指示）创办的余姚县“五七工农兵学校”，设有拖拉机（驾驶与维修）、农机、红医（赤脚医生）、兽医、农村师资、音乐等专业（班）。

学校分配我的工作是当一个“拖班”（拖拉机班）班主任和教一个师资班的数学课。我班拖拉机专业课则由部队转业的孙文刚老师担任。招生办法是公社推荐与学校测试相结合，学员主要由工人、农民、基层干部和转业复员军人组成，因此，文化基础差异还是比较大的。

记得，我班第一次教学实习地是二六市乡的叶家、罗江等村，班主任也跟着一起去了。因为水田地块面积小，田埂又多，只见履带式拖拉机爬上爬下，一会儿头高翘，一会儿头下冲，驾驶技术要求确实很高，

学校大食堂

但对学员们的锻炼提高却帮助很大。到实习结束时，原来平地开车都要怕怕的学员，后来在小路上都跑得又稳又快了。

农村师资班数学课教的还是一些基本知识和运算技能，但首先要给基础差的学员补课，使其跟上全班进度。其次，数学教学也增加了许多农村实用的知识和技能，如测量（道路、湖泊、地块等），如制图（三视图、机械零件图），如记账、算账（出纳、会计的日记账、月报表）等。数学课后期还要介绍和实习数学教学方法，使学员能基本胜任农村中小学的数学教学任务。

二十、拉琴唱戏

“文革”期间，学校停课，学生放假，教师内斗，我却多了回宁波老家休假的机会。

一天，我走在宁波街上，见到一个卖胡琴的。他身上背了三四把琴，其中一把是京胡，其余是二胡。

我立即问他：“你自己做的琴，要卖什么价？”

他说：“二胡50元，京胡80元。”（50元相当于当时青年教师的月工资）

我试了一下音，二胡一般，京胡出色。因为，那时已在流行着《红灯记》《沙家浜》《智取威虎山》等样板戏，所以我十分希望能有一把京胡学拉与学唱。

我问：“能便宜一点吗？”

他答：“二胡45元吧，京胡是我自己拉的，你要让给你，价格不能再低了。”

我再拿京胡一看，那蛇皮麟片均衡，黝黑泛光，确是成熟的“虎啸蛇”皮中好部位做的。音，高而不沙，纯而不浊，我放不下手了。于是，牙一咬付钱买了下来。

跟着电台广播学唱了一些主要唱段后，急切地想把它用京胡拉出来，那曲谱呢？听说新华书店有主旋律谱买，于是我把它全买回来了。主旋律谱是红色封面的，是全本戏的唱腔（主旋律）曲谱，京胡照此谱拉还缺乏味道，怎么办？靠听（广播），靠请教内行人，靠自己努力，将重要唱段的主旋律谱（许多是4分音符）改写成京胡谱（许多是16分音符）。

从此，一有空我就躲在宿舍里，一面拉琴，一面记谱，一面唱戏。人家中午、晚上要休息时我就记谱、写谱；人家出门不在宿舍时我就拉琴唱戏。渐渐地弄得"满城风雨，人人皆知"，说"篮球王"又变成"样板戏王"了（这个"王"是指我的姓）。

王老师拉二胡（2019年）

这时，"五七"学校里有个上海人化学王老师，她的丈夫姓方，也是上海人。方老师是京胡高手，他会拉许多旧京戏选段，但此时他也在跟着形势学拉京剧样板戏。听说我会唱一些样板戏选段，特地通过熟人来约我去他家唱戏，去轧（配）胡琴。我去了，他很客气，又泡茶又拿上海点心来招待我。我因为音高，乐感也好，一合就合上了，而且完全可以唱到标准音（如《智取威虎山》中的“打虎上山”），不需京胡降音。他很高兴，顺便给我介绍了一些京胡知识，如京胡为什么要带一点沙音，京胡两弦为什么要把其中一根调得略高一些，等等。后来，他常来约请，我又去过几次，还吃过他煮的咖啡呢！

时间来到1970年暑期，余姚县（市）举办全县中小学教师集中政治学习，主报告会场设在城南党校内，其他会场用广播联接。政治学习中有一项内容就是学唱革命样板戏选段，上下午各一次，在学习中途休息时各安排20分钟左右时间。不知是谁推荐，领导将此任务落到了“五七”学校头上。方老师操京胡，还有一位拉二胡，一位弹三弦，我教唱，第一段选的是《智取威虎山》中的“共产党员”唱段。

政治学习的第一天是领导报告，为宣传革命样板戏和活跃会场气氛，上午会议中途休息时，主持人就将学唱资料发下，开始教唱。无人介绍，短时练习的4人斗胆上场，过门音一拉，“共产党——员——，时刻听从党噢——噢——召唤！”声音通过广播，响彻了全县所有政治学习会场，受到了全体与会教师的欢迎和好评。会后，有教师兴奋地评价“教唱”是“县文宣队（原县剧团）”请来的，“就是不一样，太像原唱了”。

后来，我一边学拉琴，一边也上场演唱过一些样板戏选段，如钢琴伴唱《红灯记》选段“穷人的孩子早当家”“临刑喝妈一碗酒”、清唱《智取威虎山》中《打虎上山》选段。

1971年，县里调我去文教局教研室工作，但因学校仍未走上正常的教学秩序，所以我多数时间是在帮体委工作。这时，我长住在县第一招待所，拉琴的机会就更多了。

一次，晚饭后，我正在拉琴时，有人敲门。

我开门问：“同志，有什么事吗？”

他说：“循琴声前来拜访，讨教！”

我说：“你客气了，我是在学拉京胡啊，完全是外行。”

他又说：“你拉得真好听；这把琴的音色怎么这样好，是哪里生产的？”

我回答说：“是私人定制的，音色确实美，而且越拉越好听了。”

二十一、以球会友

一来到余姚就打了三场球，这“三斧头”劈出了一个篮球新天地。从此，县队要我当教练兼队员，即当要紧关头还要“赤膊上阵”的那种教练。

余姚男篮在宁波市内以“勇”“快”闻名，“勇抢、快跑”是它取胜之本。但动作粗糙，命中率不高；战术单调，稳定性差则是其软肋所在。

开始时，县队出赛，赛前不开研究战术部署的准备会，赛后也没有谈谈成功或失败原因的总结会。更有甚者，赛前竟有主力队员喝酒的，还美其名曰“吃饱老酒，才有力气”，结果是，在无人防守的篮下投篮都投不进（眼睛模糊，动作不听使唤），自己都摇头要求换下场休息。

这里还有一个好笑的故事，是东风厂队“快马”阿五告诉我的。他说，有一次省女篮来余姚，要与县男队打一场表演赛。县男队知道后，主力队员多数喝饱老酒上场，个个如老虎一样冒着浓重酒气硬冲，省女篮一边

“让”一边“骂”，叫暂停后立即向余姚队提出抗议，这时，余姚队只好换下两位酒气最重的。比赛结果男队只输了几分，“老酒宝”们觉得这招有效，所以还是得意地向我讲述这段故事的。其实，这个结果，是人家厌恶无体育道德之队，是不愿与这样的球队再打下去的结果（只是应付，但又不输分，让阴谋得逞）。

还有队内组织纪律涣散，出外比赛不遵守作息制度，打扑克直至深夜，还戏称“少做一年人，有得好困了”，你说可笑不可笑！

我当教练后，带着球场上的“余威”，与全队约法三章，立下规矩，球队才逐步走上规范之路，在市内大赛上也有长足进步。

平时，我们在梁弄也组织了一个体育老师和爱好者参加的教工篮球队。其中有杭大体育系毕业的青年体教边锋张伯根，体育教师舟山人边锋韩根祥，四川人地理教师边锋程迪中，语文教师台州仙居人后卫金乃之，语文教师镇海人后卫杜功桢，校办厂厂长杭州人后卫王先奎，还有我，任队长司职中锋。

张伯根是个很有天赋的篮球选手，他个子高（约1.8米），弹跳好，动作轻盈协调。他进攻时，能伺机在底线横向穿插，主动与内外纵向移动的中锋配合，形成纵横交叉，内外结合，穿插形成掩护，跑动拉出空当，增加了进攻点和进攻机会，效果较好（对破联防效果更好）。王先奎老师身材瘦长，有一定运动素养，听说他游泳不错，曾在杭大比赛中获奖，说明他有速度耐力。打篮球时，能占位抢篮板，并带球突破中场。韩根祥老师科班出身，篮球的运球、传接球、投篮等动作都像模像样，但问题是，胆子小，不能很好发挥水平。杜功桢老师，个子矮小，但灵活，带球、控球都不错，投篮抢球略显不足。程迪中老师基本功和体力都不错，边锋、后卫都可打。金乃之老师，身材中等，壮实，防守对方进攻时站位、堵位积极卖力，但犯规偏多。其他一些队员只要上场都能尽职尽责。校长及其他领导也常能临场给予指导和鼓励。

常常能看到这样一个场面：下午课后，在一个已挂上篮球筐网和划好明显场地线的球场周围站满了学生和附近的农民；当两队运动员从围拢的人群中穿过入场时，人群中就会发出阵阵掌声和笑声；练球时每一队员的表现，观众都会发出善意的评论，有的干脆直接喝彩叫“好！”“再来一个！”；裁判鸣响哨笛，比赛正式开始，整个场子立刻安静下来，观众个个翘首张望，一旦“好球”出现，就会再一次地以欢呼呐喊来表达各自的心情。

除了在山上迎接来访的球队外，我们也常应邀赴余姚比赛。一年左右时间，我们打遍了前面曾经介绍过的余姚强队，如东风厂、汽车站、通用厂、黄湖农场等队，除与东风厂队比赛各赢一场外，其余我们都赢了。一支只有六七个人可以在场上真正派上用场的教工队，竟有如此战绩，实在不易呵！

一次，驻鹿亭乡的东航后勤部队（团级单位），不知刮到了什么风，突然心血来潮地要来学校比赛。我们做了认真准备，严阵以待。赛前练球就是球队亮相。只见对手运动服装统一，长矮均匀，体力充沛，动作有力；而我们呢，身材单薄，高低不一，但动作灵活。比赛开始，对方采用扩大联防，我方卫、中、边一倒球后就从中路或底线切入，再分球、接球、轻松近距离投篮得分；对方采用缩小联防，我方就采取快攻（对方尚未完全站稳之前就攻到篮下3秒区附近）或外围中投得分。大约10分钟后，比分也差至二位数了。这场球，对方输得很惨，有20多分，但仍搞不清楚问题出在哪里，为什么总觉得力气使不出来。过了一段时间，那鹿亭部队又来约篮球比赛了。球队从汽车下来了，一看，阵势大变，队伍中增加了许多名军部（海航4300部队）篮球队员（因为常在宁波打比赛都认得），连两个2米左右高的中锋也来了，干什么呀？你当我们也是专业队呵！比赛开始，对方高中锋未上，但军部来的却上了3人。比分

交替上升，观众群情振奋，纷纷为教工队加油；对方坐不住了，急忙将第一中锋换上，立刻彰显篮板优势；高中锋在篮下进攻投篮、抢篮板、补篮，一下子就将比分超出。我与伯根虽然全力去助跑冲抢，堵位拼抢，但都无济于事，上半场结束，我队输了3分。下半时一开场，对方不但仍上高中锋，而且全换上了军部队员，像要生吞活剥我们一样；我们见此情景，心态更加放松，因为不管你们想赢多少，在观众的心中仿佛是“大人打小孩”，你们早已输了。我们频繁换人，采取“进慢攻慢打，守缩到篮下”策略，虽然分差在不断地扩大，但还不至于到“河白泮滩”“不堪入目”的地步。15分钟后，对方自觉没趣，也逐步将几个主力相继换下，最后对方赢了26分，算是报了上场输我方20多分的“一箭之仇”。

1970年开始，出现了许多宁波、余姚及邻近地区的学校、工厂、商店、企业组队来梁弄“拉练”的热潮。说“拉练”，其实就是一次自背行李的步行学习锻炼活动。前来革命老区梁弄“拉练”的单位要数学校最多，每批约有200人左右(大约一个年级4个班)，老师带队，大多采用“单程步行，回去包车”的形式，共要四五天时间。这样，既练了脚板“学了军”又学了老区的“革命精神”；工厂商店企业来“拉练”的队伍一般不会超过100人，他们显得更机动灵活了。

来“拉练”的单位中，往往有打篮球的老师或职工，提出要与“五七”学校比篮球，“老区人民”只好应战。比赛结果，几乎是“老区”队全胜，这是他们始料未及的。

后来，有单位下午篮球输了，却提出晚上再比乒乓球(团体赛)，“老区人民”怎么办？不响应，好像是被吓到了一样，答应比，那人选呢？后经了解，学员中有个梁弄人会打乒乓，另一个只好我上了。本来男子团体是3人3场单打，现在可以2人轮流出场，3场2胜（每场是3局2胜，每局21分）。

“篮球‘王’，你也会打乒乓吗？”

不瞒你说，我几乎什么球都会，尤其是篮球、排球、乒乓球，后来的网球、羽毛球，就是足球没有爱上，因此不会。

“一直不见你打乒乓球，马上可以拿拍上场比赛吗？”

这倒是实话，内行话。记得，1965年，我在义乌中山中学工作时，因带了一个男子乒乓球队，一起训练、做示范、打练习比赛，既练了学生又练了自己，结果半年后，这个男子队得了全县冠军，自己也得了一个成年男子组单打亚军。

所谓“曲不离口，技不离手”说的就是这个道理。我只好抽空找那个梁弄学员先去练练乒乓球了。

乒乓球比赛是放在大礼堂里举行的。晚饭后，将礼堂内桌椅一整理，中间空出一块教室大小的空间，上面再加两只大炽光的暖光灯，亮度均

衡，高度达标，地面平坦，这在农村已是一个很不错的赛场了。

由于我队只有两人出场，因此，第一场肯定是排的我了。如两场我们都赢或都负，比赛就以2：0（或0：2）结束；如前两场打成平局，那我还得上去打一场才定胜负。

想不到乒乓球比赛也依然是那么热烈，观众将球场围得水泄不通，喝彩声，加油声响彻屋顶。有准备的队，一般至少带来一位乒乓高手，那我们几乎无赢的希望；如纯粹是玩玩的，只是业余中较高水平，我们多数可赢下他们。所以，有时比赛也悬念丛生，觉得蛮有趣的。

二十二、三个女生

“五七”学校学员来自全县各地工厂、农村、商店、学校、部队转业或复员的青年，他们抱着学好一门实用技术，获得一次更好的发展机会的目的而聚在一起。因此，他们充满了热情与活力，在努力学习基础上还能积极参加各项社会活动。

其中，有三个来自不同地区学习不同专业的女生，都给我留下深刻的印象。

一位是红医班的丈亭人王英文（化名）。她个子中等，身体壮实，亲切、和善，充满热情，见人总是面带笑容。她红医班毕业后，在丈亭药店工作，从一般营业员做到店长，后又被选调到县供销社做人事干部，直至人事科长。

一次，我去丈亭出差，顺便到她店里瞧瞧。店就在丈亭老街的江边，不大，只两间店面，但很整洁。放在玻璃柜内的各种中成药排列齐整，有条不紊；长长的深色营业柜台擦得锃亮，站在旁边还能瞧见人影呢！

“王英文，你看，啥人来了？”我说。

“呀！是王老师啊，请进，请进。”她说着，就从柜台内出来迎接我。这时，只见一位身材高挑，面目清秀的姑娘从柜台内泡了一杯茶出来，用双手恭敬地递给我，并轻轻地说：“请喝茶！”“谢谢！”我答。

在王英文红医班毕业之前，我已被借调到县文教局工作了，此时，正在参与“省工农兵推荐加考试上大学”在余姚的招生工作。王英文一听，马上向我介绍刚才给我倒茶的那个姑娘的基本情况。王说：“她也姓王，高中毕业生，宁波市江东人，爸、妈均是和丰纱厂工人，她是当大囡，下面还有4个妹妹，她插队落户来到丈亭已好多年了，现在在药店当营业员（临时工），看看，她是否能合得上推荐条件……王老师，不为难的话，帮帮她吧。”

“当大囡，下有4个妹妹，父母都是普通工人”。这几句话深深地触动了我，这不是严云的“再版”吗？我深切地理解这种家庭的困难和无助，决定尽力帮她。

我与招生组负责人浙大陈老师进行了商量和探讨，觉得她基本符合推荐条件，只要手续齐全，就可参加下一步的考试。但时间已经很紧，要大队、公社二级推荐，还要经县批准后才可考试。

我急忙将此意见告诉了王英华和那位王姑娘，她们立即拿了有关文件（复印件）全力以赴地去抢办手续。“功夫不负有心人”，“老天也帮苦难人”，终于在规定的日期内，她办好了一切推荐手续。

经过考试，王姑娘最后被武汉水利电力学院（此学院专业也是浙大陈老师推荐）录取，毕业后顺利地被分配到宁波镇海发电厂工作。

第二位是拖拉机班马渚人贺芝灵（化名）同学。她个子略高，皮肤白皙；口齿伶俐，语速较快；生性活泼，爱好艺术。她曾参加学校毛泽东思想宣传队，创作演出过快板剧《兄妹爱读毛主席的书》，我演剧中一个当兵的哥哥，她演剧中一个红卫兵妹妹。时代背景是“文革”期间全民掀起学习毛主席著作（主要是语录）热潮。剧情是：哥哥去妹妹读书学校的所在地“支左”，碰见正在参加当地“文革”的学生红卫兵妹妹，先是两人相互勉励“一定要听毛主席的话，做好革命工作”；后是两人互相问答，考验能否正确理解运用毛主席的话（思想）；最后，两人都觉得读书不够，必须继续去努力读好毛主席的书。该剧将当时大家非常热爱又十分熟悉的毛主席著作（语录）主要内容，用亲切、轻快，但又不失俏皮、幽默的快板剧形式表现，引得台下掌声、笑声阵阵，收到了一次“活学活用”毛主席著作的效果。

芝灵同学毕业后去马渚一个抽水站工作。几年后，“五七”学校的一位专业老师告诉我：“有一位农民企业家曾主动追求过芝灵。当时芝灵嫌年龄相差稍大而没有答应，后来经过多次接触，芝灵觉得他诚实可靠，勤奋刻苦，作风正派，尤其是一心追她，追心不变，爱心不移，让其感动了。”

喜结良缘后，芝灵帮夫办厂，夫唱妇随，工厂也像芝麻开花，节节向上。首先他们抢在余姚镇西北近郊买了一块地、新建了厂房（这是很关键的一步，晚一点这个位置的地就没有了，而且土地的增值会大大超过其他的增值），扩大经营规模，改善生产环境；引进外语人才，多次亲自参加广交会，真诚接待外商，以优质产品和优质服务打开外贸渠道；科学管理，精心管理，以善待职工来凝聚人心。工厂在“妻主外、夫主内”的密切配合下，蒸蒸日上，已成为余姚市一家著名的产销针、棉织品的外贸企业。

新世纪初，由余姚市工商局黄局长发起，在余姚镇召开过一次“五七”学校部分校友联谊会。那次会上，我见到许多已经成为县党政机关领导和各行业骨干的学员，大家既十分高兴，又感想联翩。这次会上，我也见到了贺芝灵，弹指一挥，近三十年过去，“兄妹”再聚首，真是不容易啊！说起别后情况，如工作、婚姻、子女、升迁及发展，几乎互相都了解，还是“心有灵犀一点通”呵。

午餐后，校友们一起去芝灵厂里参观。不看不知道，一看惊一跳。新建厂房宽畅明亮，一批新设备也正在安装，成品车间里堆满产品，正在分批打包，装车销向国外。厂内，紧张有序，忙而不乱，显得热气腾腾，欣欣向荣。这个贺“老妹”真是了不起呵！

第三位是师资班梁弄人陈玉芳（化名）同学。她有一双明亮的眼睛，个子中等，身材匀称；她思路敏捷，办事利索；她待人热情、礼貌、周到。她酷爱教育工作，一心想当一名人民教师。她从梁弄“五七”学校毕业后，就走上教育工作岗位。但当国家恢复高考制度后，她又考入宁波师范学院数学系继续深造。

这时，我已在宁波效实中学工作。我数学组里有位新昌人尉老师（女），陈桂芳师院读书时的班主任兼主科教师也是尉老师（男），因为这个姓在宁波不多见，怎么会如此碰巧呢？结果一问两位尉老师原来是姐弟，真是“天下”说大就是“无际无边，芸芸众生”；说小就是两位老师通过一位同事（亲戚）关系也成了熟悉的朋友。

她师院毕业后，先分配到山区一所初中任教，艰苦工作了许多年后，才调入余姚县城一所中学工作。她工作勤奋努力，又好学上进，很快就成为一名中学数学高级教师。

她爱人是余姚一中学的校办厂厂长，因厂办得出色，在县教育界里已有一定名气。膝下有一子，考入杭州一所大学读书，毕业后就去上海工作，现已结婚生了一个儿子。这是一个已四代见面十分温馨而又美好的家庭呵！

陈玉芳是个十分重师生情义的学生。在师院读书期间，她若有事来市区，只要时间许可就会来校探望我；逢年过节，她也总会打电话来向我问好、祝福；后来，我调到教育行政机关工作，常去余姚开会或出差，她知道后也会来现场看望我。

特别令人感动的是，她每年自制余姚特产笋干菜，到时候一定会寄一包来给我尝尝。她那笋干菜，色蜡黄，笋菜嫩，干净，不带一点泥沙，我一家人都夸它是我们吃到的最好的笋干菜了。

笋干菜怎么吃？先将它放在水中发一发，然后一层干菜，一层五花肉，放入碗中，最后上面再放一点糖，放入锅中隔水蒸煮，一小时后就会香气扑鼻，再文火续蒸，直至香溢满屋，闻者必食欲大增也。

我退休后，去参与“大红鹰学院”办学时，她还年年将笋干菜寄到学院的高桥学区，令人感动不已，感慨万千呵。

有道是“礼轻情义重”。首先，你心中得有“情”啊，记得“师情、友情、恩情”等情，才会想到“义”，即怎么去“继续、保持、报答”这份情，这就是做人的基本品行，叫人品。

二十三、明昌夫妇

老明昌，大名袁明昌，“五七”学校食堂负责人，象山涂茨人，他出生于20世纪20年代，时年45岁左右。他早在19岁时，经当时校学生会主席郑君介绍，进入慈溪锦堂师范工作，1958年，随学校搬迁到梁弄余姚师范工作，担任食堂负责人兼厨师班长，大家都叫他“老明昌”，我想那是因为他出道早并非年纪老的缘故吧。

他个子高大，身体壮实；他性格开朗，说话风趣幽默，但可惜“乡音难改”，始终带着浓重的象山口音；他人缘很好，外到市场摊贩、街上居民，内到领导、教师、学生员工都相处极好；他厨艺也很高，一般的师生菜也能烧得飘香入味，受到大家一致好评。

夫人周宝香，象山人，也是学校食堂的职工，比老明昌小2岁。夫妇俩膝下有一子，叫东海，当时还在读小学。

梁弄是四明山革命根据地的中心，也是四明山区通向平原地区的重要出口。中华人民共和国成立后，梁弄又新建了一个四明湖大水库，不仅极大地改善余姚人民的饮用水条件，也给梁弄等地区带来了丰富的淡水资源。

不带家属的单身教师，平日伙食主要依靠学校食堂解决。他们过年过节常想带点当地土特产回去让家人品尝。因此，碰到老明昌时，我也会向他打听一些土特产的价格，一些土特产优劣的鉴别办法，甚至还会请教他一些土特产的烧煮方法。他总能耐心地答复我的问题。后来相熟了，他还会主动地为我买东西出主意。

一次，他从梁弄菜场采购回来，帮我带来一大袋鲜花生，

说："小王老师，你不是要买花生吗？今天，我看到一袋花生，品质不错，全买下来价格也便宜，我做主给你带来了。26斤，1角5分1斤，共3元9角。"

又说："拿回去，洗干净，将嫩头挑出来煮煮吃，其余把它晒干放着过年时可以炒炒吃。"

又一次，学校农场将一头因伤残而丧失了劳动力的牛杀掉了，每位教师都能分到一大块肉。我拿了分到的牛肉去请教老明昌。

我说："老明昌，想把它带回去给家里人吃，该怎么处理？"

他看了一看这块肉，拿起刀，按肌肉纹路，把它切成若干近似于长方体的大块，然后说："洗干净后，放点生姜和黄酒，用锅子烧，熟后放少许盐；汤可烧面条吃，肉冷却后，切成一片一片，放在竹扁上晒，但上面一定要盖一层纱布。"

结果，我照此去做，只晒了一天半时间，就收获了自制的牛肉干2斤多，味道是又鲜又酥嫩，好吃极了。

1970年放寒假前，我请老明昌帮忙，在梁弄购买了农民家里杀的猪肉（生）15斤，鸡6斤（已杀、净重），山羊肉5斤（熟的），四明湖鱼1条近10斤，冬笋10斤等食品 ，正准备回宁波过年，突然下起大雪，山区公路交通马上不通，怎么办？几个外地人一商量，决定挑担步行，通过高地岭下的村庄去余姚火车站。挑了五六十斤东西，用了近七个小时时间，走了50多里忽高忽低的山路，终于抵达火车站。在室外温度0℃以下的天气里，人挑得浑身冒汗，头像蒸笼直冒热气，背脊湿透感觉寒意，只好在候车室里，请同事用干毛巾擦去背上的汗来暂时御寒。

受了苦累，但带回来的土特产（美食）受到大家一致好评，感到值了，觉得以后还需更加努力。

1972年，我调回宁波母校——效实中学工作。我们与明昌夫妇仍保持着好友关系。他每逢回象山老家过年，总要在我家宿上一夜，互相探望，聊聊两家分别后的生活、工作情况。

1984年前后，明昌夫妇相继退休。俩老决定回老家养老。从此，我们每年春节都开车去象山明昌哥家拜年。

那时，我们先要开车去鄞州咸祥大嵩的象山港轮渡码头，在那里乘渡轮到对港上岸，再开车去涂茨乡涂茨村。涂茨村是象山县东北角靠海边的一个小村庄，1955年，有史以来最大的台风袭击宁波、象山时，村里因海水倒灌，再冲出，带走了许多人，造成了令人心寒的历史大悲剧。

在村头的菜场旁，有一条南北向只有一车道宽的路，路的东边是山崖，西边是小溪，山崖旁一幢有前后天井的两层房，这就是明昌哥的老家。不知什么时候，他家的东边上空的山崖上又被挖出一片平地，建了一个漂亮的天主教堂，成了附近天主教徒们礼拜圣地，也是涂茨村一道靓丽的风景线。

明昌哥于2008年去世，享年85岁。其夫人宝香姐今年也已93岁高龄，还健在，为生活方便已入住老年公寓。儿子东海讨了一个能干的媳妇，生育一子，今也已大学毕业成家立业了。

告慰天上的明昌哥，光明安好。祝福在世的宝香姐，健康长寿，四代同堂，阖家欢乐。

二十四、灯光球场

灯光球场，顾名思义，应是晚上有标准照明灯光，可以进行正规篮球比赛的场地。按照宁波地区20世纪70年代水平，还有两个条件必须具备：一是地是水泥或沥青地；二是周围配有看台。

余姚县城里原有一个泥地的灯光球场，而且没有看台，灯光及记录设施也大大落后，已远远不能适应城市发展和蓬勃开展起来的群众性篮球运动的需要。

1971年上半年，我已被县文教局借调到局教研室工作，因为整个文化教育工作还未进入正常状态，所以多数时间，我是在帮助县体委工作。如协助承办县内各项比赛，尤其是中小学生的各项体育比赛；筹办县少年体校，参与招生等工作；还有就是，协助在县体委支左的县人武部参谋郑兴来，建造新的灯光球场。

球场就建在县政府大门东边不远的一块空地上。这是一块县城中心地段的黄金宝地，人口密集，交通便利，建成县第一个标准灯光球场后，它将有很高的实用价值。

从设计到招标、施工、监工，从预算到选料、进料，从基础工程到装修、配套工程，每一环节都要认真仔细，步步落实。经过几个月的日夜施工，一个有1000多座位的水泥地标准灯光球场终于建成。从此，晚晚有训练（或练习），周周有球赛的余姚群众性的篮球活动开展得更红火了。

球场建成后，县里又交给我一个新的任务，即训练一支中学生篮球队，准备暑期参加宁波市中学生篮球比赛。经熟悉的一位体育老师介绍，江南中学有一批篮球爱好者，每天凑在一起打篮球，而且还有一个一米九以上的高个子呢。

一天晚上，我打开半个球场的灯光，请这批篮球“游击队”来试试场地，玩玩篮球。他们兴冲冲地来了，见了我，先都毕恭毕敬地叫一声“王教练”（指县队教练），然后，一个一个地自报名字、身高、年龄、年级、打球习惯跑位等基本情况。记得，一个身高只有一米七十零点，但说话比较老练的叫施银铨，俗名“阿铨”，打组织后卫；身高一米九十几的姓张名“建生”，当然是打中锋的，但身体略显单薄了点；两个身高都在一米八十左右的边锋，一个姓顾名“家展”，一个姓胡的叫“阿四”。以上4人都是江南中学高中的学生（还跟来几个年龄略小的学生）。这里，还要介绍一个余姚中学高中生，姓庄名“卫民”，身高一米八十左右，祖籍镇海，随父母在余姚上学，也爱打篮球。

由这么五个大的和几个小的临时组成的县中学生队开始在新建的灯光球场里训练了。我当过许多队的教练（有的是场外指导），但从基础开始，系统地训练一支中学生球队倒还是第一次。

20世纪70年代，中国内地还无电视，根本看不到高级别的国际篮球比赛，就是全国运动会篮球比赛或国内省与省之间比赛也只能偶尔去北京、上海、杭州等大城市才能看到几场。

用什么样的篮球理论体系（包含思想、理念、技术、战术、练习方式与手段等）来指导训练呢？

我过去学的、练的主要是苏联、南斯拉夫等欧洲的篮球体系，其主要特点是规范个人基本技术，重视集体战术配合，突出强调内线作用等。

自己是16岁起爱上篮球，从中学校队打到大学校队，从县代表队打到专区代表队，从县里获奖到省里获奖（1963年，省第四届运动会篮球比赛亚军金华专区队队员），主要靠自学自练。

我曾到处借（买）关于篮球技战术的书和资料；想尽办法找机会去上海、杭州等地观摩高级别比赛；努力结识高水平的运动员、教练员当面请教。

一看到好的技术动作，就一个人去反复琢磨，反复练习，如脚步动作，转身动作，切入动作，投篮动作，抢篮板动作等。还有，中投后连接冲抢及补篮、堵位抢下后场篮板会是怎么样呢？就会去假设许多实战时可能发生的情况来有针对性地练，以提高应变能力。

二十五、江南少年

这时候，我的朋友，时任上海男篮主教练的张宏达老师向我介绍了“美国篮球训练法”（以下简称“训练法”），并给我寄来了一本内部用的讲义。

我如获至宝，如饥似渴地先一口气地将它通读了一遍，接着又细嚼慢咽地一个章节一个章节地学习研究起来，真是越读越有味，越看越欢喜。第一次系统接触美国篮球理论，像一股新鲜的春风迎面扑来，让人头脑清醒，使人茅塞顿开。

那“新鲜”在哪里呢？

首先是篮球思想理念的新鲜。老美把篮球的技术、战术归纳为人的体能和智慧。只有把人的速度、耐力、力量、弹跳、灵敏等充分挖掘出来，并综合应用，才能学好技战术，突出专长；只有动脑子，充分运用智慧打球，才能学好、用好技战术，打好球；

其次，“训练法”突出了个人能力。老美认为篮球运动的对抗性，归根结底是人的篮球能力的对抗性。所以，要先强调突出训练、培养个人的篮球能力（进攻与防守），再强调训练培养集体的配合；

第三，老美在篮球技、战术训练上还强调体现以下几个特点：①基础性。将篮球基本技术一一分解，加以联系、分析、归纳，认为“脚步”是基础；将各种战术一一分解，加以分析、归纳，认为“视野”是基础；②实用性。强调进攻以得分为目的，一次进攻中，一人能得分的就不用两人去得，两人能得分的就不用三人去得；强调防守以阻止对方得分行为为目的，因而常采用盯人防守，以明确防守职责；③兴趣性。学习打篮球，首先要爱上篮球，尤其是青少年，“训练法”中常常用各种“游戏”来代替枯燥的说教和练习，以提高训练的实效性；④观赏性。老美将篮球运动的观赏性视作篮球运动的生命，也将它视作篮球运动进一步发展的推动力。后来NBA的一系列开拓、开发都由此理念而生。

中学生队训练正式开始了。在灯光球场，每周安排3次训练1场比赛；训练是隔天晚上举行，一次时间为两小时至两个半小时；比赛大多排在周六或周日晚举行。

晚上，一旦球场灯光闪亮，队员们由阿铨带队做起准备活动时，许多群众就会逐渐来到球场看训练。来的有体委领导，有篮球界同行，有体育教师，更多的是爱好篮球或体育的中小学生及家长。机关和人武部里的爱好篮球的领导朋友也常过来，给予关心和支持。连大桥旁那饭店的大厨慈城人阿宝师傅，有时下班后也要过来瞧瞧篮球训练，与我这个老乡聊上几句。

训练从规范、基础抓起。一项一项基本功，从示范、模仿练起，强调自身体验其准确性与合理性，自觉改进其不合理性；一个一个配合，从2人3人练起，强调自然、轻松、流畅可反复性；一场一场练习比赛，一方面努力应用学到的技战术，一方面总结体验比赛对技战术的实际要求。

另外，为了增强体能，还布置一些晨练的内容和补充营养的要求，队员个个比较自觉，家长们也比较配合支持。好在那时教育还没走上正常秩序，学生几乎没有什么学业负担。

这里，要特别说一说“长脚”建生的故事。建生，家在我当时长住的县第一招待所后面的石子弄。爸爸是余姚人，妈妈是慈溪人，有一个哥哥和一个姐姐，都已成家，建生是家里的小儿子。有人说，建生为什么长这么高？那是他从小用牛肉汤补大的。此话怎讲？原来，建生爸爸是做杀牛生意的，根据此行规矩，杀一头牛除了要付给规定的工钿外，主人还要送几斤牛肉给杀牛师傅吃。因此，建生从小就没少吃少喝含有丰富营养的牛肉和牛肉汤。不瞒大家，我一个住在他家附近的外地单身教练，也有幸几次尝到建生妈烧的牛肉，味道鲜美极了。

经过近三个月的训练，球队像换了一个似的。建生，增强了力量，尤其是腿、腰部力量。中锋站位、穿插、接球转身都不怕后卫紧贴防守了，拼抢篮板也有一定的进步；章卫民，弹跳更出色，抢后场篮板得心应手，不逊于成人队员；家展与阿四，快攻跑得好，阿四跑得更快，而家展跑得更稳、更有力；阿铨作为组织后卫，运球好，头脑灵，对各种基本战术运用思路清晰，且有一定的指挥能力。他们不仅练球练得像模像样，如快攻与阵地攻的转换，几种联防变阵及联防与盯人防守的转换等，而且比赛也硕果累累，几乎打遍了县内所有成人强队，大都能赢下来了。

二十六、省赛“探花”

暑假后期，宁波地区5县市中学生篮球联赛暨省中学生篮球联赛选拔赛，终于在余姚新建的灯光球场举行了。

余姚队以新的面貌和姿态出现在赛会上，大家反映：余姚队个子均匀，身体强壮；基本功扎实，进攻速度快，篮板控制好。一位爱好又内行的县府领导说：一上场跑篮就让人看了舒服，体现了较强的自信心和篮球节奏感。

那比赛怎么样呢？第一场与公认的地区强队某队比赛。按以往的记录看，实力是四六开，余姚队只有四分的胜算。但这次比赛，余姚队采用以快攻为主结合阵地进攻和半场松动盯人防守战术，一下就把某队打晕了，上半场就领先了20多分；下半场余姚换下两名主力，最后也以赢30多分而告终。

这一战震动了余姚体育界，也惊动了整个地区篮球界。余姚从来没有这么轻松、那么优势地赢过某队，今天奇迹是怎么发生的呢？当然，最后还是归结为选材、训练、临场发挥等三大要素。

接下来，与我市其他三县市队比赛。每场比赛上半时均赢20分以上，有的达30分左右。这个比分表明，两个队已经不在同一个级别，讲得难听一点，那强的队即使战术上犯点错，即使罚下（或换下）两名主力也不至于到输球的地步。

比赛结束后，宁波地区体委马上向余姚体委明确指示：①宁波地区中学生队以余姚队为基础，再吸收其他县市队中个别成员组成；②仍请余姚队教练担任地区队教练；③明年（1972）3月参加舟山省中学生篮球赛之前，球队在余姚、宁波再集训一段时间。

这次地区联赛，只选中3人补充进入地区中学生队。其中，奉化张其鹏同学，身高一米八左右，打排球出身，弹跳极佳，是个抢篮板和传长球的好手；慈溪一个姓岑同学，动作灵活，但胆子欠大；象山一个同学，身体强壮，有一定力量，但篮球意识和基本功较差。另外，又从余姚的

20世纪70年代初余姚中学生男女篮球队合影
（图中二排左三为男队教练，本文作者）

“江南少年”中选拔了两个“板凳”，这样就有10个队员了。

1971年春节过后，宁波地区中学生代表队就在余姚集中训练。从温习技术动作，熟悉原有快攻（发动、接应、推进、分球、上篮、补篮）战术，阵地2—3人策应配合，底线及45度线穿插掩护，加重一边负担等破联防进攻战术练习，缩小或扩大盯人防守、会变阵的联防练习等。继续与成人队进行有特殊要求的练习比赛。

到宁波后，暂住西郊地区少体校宿舍。在训练的同时，积极进行练习比赛，以调整、提高正式比赛时的适应能力。宁波市中学生队以市少体校篮球班学生为主再吸收几所重点中学个别高中篮球队员组成，教练是上海体院篮球专业毕业的某老师。去舟山前，我们终于约了一场友谊比赛。从场上看，他们队可上场队员多，比较老练；我们队可上场队员略少，但思想比较集中统一。比赛结果，我队略占优势，赢了几分。这是一个“乡下人”打败“城市人”的个案，气得某教练大发雷霆，骂得几个核心队员抬不起头来。

“文革”中第一次举行的省中学生篮球联赛在舟山定海揭开帷幕，全省11个地（市）14个球队，进行单循环制比赛。我队过关斩将，战绩显赫，一下子成为联赛中的一匹黑马，引起各队高度关注与重视。

其中，三场势均力敌的比赛至今仍记忆犹新。

——奋战宁波市队。省赛中，再次与宁波市队相遇。市队俞教练大有势在必得之意，造成队员心里紧张，在宁波已输过一场的阴影反而加强；我队意志坚决，力争于再拼，决心打出速度，抢好篮板，集中精力，减少失误。这样两支技战术水平基本属于同一级别的球队，谁包袱轻，意志决，谁就会赢得先机。上半场，我队先确立一些领先优势后，市队多次反扑，均因气不足，不能持续而告退。地区队再次“拼”下了这一场。

——惜败杭州市队。杭州市中学生代表队是以杭州市少体校篮球队为主力的球队，有3名190厘米及以上的队员，180厘米以上的更多，因此，是一支明显的“高人一等”的球队。教练是原省男篮队员姓周的宁波人。我们与杭州队交手，开场领先，之后形成“拉锯”：我们发动快攻屡屡得分，多次切入分球造成他们犯规，但一进入阵地进攻，就感到抢不到前场篮板球；他们依靠内外线配合得分，并制造犯规获得罚球机会。上半场结束，我队仅落后3分。下半场，开始有一段时间还是胶着状态，但当我队一个中锋（张）和一个主力后卫（章）被相继罚下后，才被逐步拉大比分，最后以9分之差落败。

——天助台州队。台州地区历来喜好篮球运动，中小学篮球活动也开展得十分广泛。台州队的技战术特点是个子均衡，力量足，弹跳好，内线强。我们与台州队比赛的那场球被安排在一个海军部队的舰艇上，赛前突然下起大雨，等雨停开赛，球场地面还积着水，用拖把、用干布擦，

余姚中学生篮球队部分队员合影

用麻袋铺都无济于事。这对于以快攻突破为主要得分手段，以冲抢篮板为连续进攻手段的我队明显不利；反之，对以内线进攻和密集联防为主要战术的台州队来说却大有好处。所以，这场本来我们可以比较容易拿下来的球，最后却以3分之差败北，“榜眼”变成“探花”，真是天助台州队也 。

省赛“探花”，已是不错的成绩。但令人更高兴的是，赛后，中锋张建生，被省军区男篮要走（篮球专业队）；庄伟民与顾家展，也一起被宁波军分区男篮要走（当兵）；张其鹏被推荐进入体育学院深造，后成为市体育运动学校（中专）训练科长。要知道，那个时候，正是中学生上山下乡的高峰期，哪家儿子能被部队选走，已不仅仅是“全家光荣”的事了。

二十七、军营当官

余姚中学生男篮夺得专区联赛冠军载誉归来后，领导告诉我，驻防在余姚五夫的省军区独立一师篮球队，通过宁波军分区邀请我去他们师篮球队当教练，希望我能应邀前往。

我想，“反正一人在余姚，住的是招待所，干的是体育活，人家请你当教练，是看得起你，也是你的面子，怎能不去？”通过这次联系，认识了宁波军分区的嵊县（市）人钱科长，我同他说，这次教练我去做，但做好后，你要帮帮我，让余姚能放我调回宁波老家去。他点了点头回答：“好说，好说。”

五夫在哪里？五夫是余姚与上虞接界处，交通便利，公路四通八达，铁路也有沪杭甬线经过。部队用汽车接我去营房，把我安排在一个单人间住下来，并且给配了一个“勤务兵”，专门负责冲开水、打扫卫生、整理内务、通信联络等工作。十分爱好篮球的师参谋长马上过来看我，还说：“王教练，欢迎你来独一师，谢谢你对部队篮球队的支持！”“在部队，工作上、生活上有什么要求尽管提出来，不必顾虑，不要客气。”

当晚，参谋长还与篮球队中干部一起为我接风，喝茅台酒。

这里，我先介绍一下这个球队的情况。这是一支有能人，有战绩的师级（地市级）篮球队，但因为近年来几个老队员转业，形成青黄不接的局面，实力大减。

队长是金华浦江人，姓郑，营教导员，高190多厘米，力量好，中锋的移步、跨步、转身（前、后转身）较熟练，但尚欠灵活；一个主力边锋，姓胡，台州人，师参谋（团或副团级），高约180厘米，耐力强，拼劲足；一个主力组织后卫，姓张，温州人，师参谋（团或副团级），高约178厘米。脑子灵、视野阔，切入分球好！另一个主力边锋，姓徐，宁波鄞县（区）人，连级，高约182厘米。速度快，篮子准。

新来的五六个新队员，有两个1.9米以上，其余多数是1.8米以上。清一色的温州人，是部队近几年在温州“支左”时征来的新兵。

到部队后，一没生活后顾之忧（每天好吃好睡）；二没其他工作打扰；三能按时回家度假（周六周日，如有比赛调整休假时间）。所以，一段时间，工作卖力，效率较高，受到好评。

尤其是在学习、理解和运用“美国篮球训练法”（以下简称“训练法”）上又有了进一步提高。首先，通过对余姚队训练实践及地区比赛中的实际应用，“训练法”运用得更系统和纯熟了；其次，“训练法”运用的针对性更强了；第三，个人篮球能力的训练，2—3人的小配合的战术训练得到进一步强化。

具体做法是：①每周日之前，拿出一份下周训练计划。计划包括，训练目标目的，基本要求，训练手段，分段安排（每天2段）以及练习比赛的要求；②征求队长及各位队员意见，再作微调。这样，几个月下来，那训练计划，只要补充上“执行情况，效果与反映，改进意见”等内容，本身就是一本经过实践检验的很好的“训练法”教材。

两个月后，老队员反映：体能加强了，技术动作更规范合理了，进攻与防守的基本战术更清晰了，运用更熟练了；特别是时时处处结合预设的比赛时可能发生的情况而采取应变措施的训练，大大加强了球队的实战能力。新队员反映：明确了“脚步动作”是所有篮球基本技术的基础，所谓“脚步不到，一切空忙”就是这个道理；懂得要用“脑子”打球，要多问几个“为什么”，如为什么要这样跑动（路线、速度）、为什么要那样传球（高度、弧度、速度、直接、间接、隐蔽）等，才能练好球打好球。

从整个球队来看，邀请前来五夫营房比赛的球队，多数是输球而归，包括不久前还赢过独一师的。这样的进步谁高兴？当然，部队的指战员都高兴，但是几乎隔天就来观看篮球训练的参谋长、政委更高兴。赢了球，晚上就要请教练和球队喝“茅台”。我又不会喝酒，结果往往是领导与球队中几个干部一起开心地喝酒。那输球的时候呢？输球了，几位领导就会把椅子一推，走了，有时，嘴上还会骂骂咧咧呢！我们只好避开不响。如果这时还想喝酒，也只是球队中几个干部，待营房熄灯后，自己买点酒、配点菜在宿舍里闷喝了。

听说，我在那儿是享受了团级的待遇。从哪几方面体现出来呢？他们说：一是住，二是吃，三是服务人员，四是物资供应（记得，那时要凭票买的白糖，点心，常定期放在我的房间桌子上）。

31岁就在军营“当官”，而且还是团级的“教官”呢。但可惜“官运”不长。怎说？

当“教官”快要完成上级先借调半年的工作任务时，终于出现了特殊状况——

一天上午，一段训练行将结束时，教练布置分两队攻防练习。因为人数不足，教练自己也上场参与。一次攻防练习时，郑教导那队进攻，教练那队防守，当郑教导一次进攻未成，抢下篮板准备二次进攻时，他的肘关节撑得很高，一落下就砸在教练的鼻梁上，教练顿时一声惨叫，全场震惊。有人拿开教练扶在鼻子上的手一看，这是谁？鼻骨完全塌下，真的是连“姆妈也不认得了”。马上，送到师卫生科动复型手术，打麻药，用器械从鼻孔进入，慢慢将鼻骨挺起，然后，立即派车送教练去宁波第二医院，进一步拍片矫正。到第二医院时，教练脸部已全肿，而且是青色（乌青）的，连家属也认不出来了。幸好，拍片后说是软骨骨折，复位基本准确，但造成的鼻腔中骨歪曲恐一时难以校正，可能会对以后鼻子发炎或感冒充血时呼吸带来一定影响。

我光荣负伤，也基本完成了教练任务。部队既觉得抱歉，又表示感谢，特地派几人代表师领导前来宁波我家慰问。

故事至此，“当官”一事似乎已经结束。但还有许多有关这支球队的事我不得不再继续说说。

1971年，浙江省在台州临海市举行了一次工农兵篮球赛，这是自“文革”以来第一次举行的省比赛，结果，这支刚刚进行了半年大训练的独一师篮球队打败了所有地（市）代表队，大行业代表队，其他地（师）级部队篮球队而获得冠军，被誉为第一快攻部队（指速度快，快攻得分多，与快攻配套的战术多且有效）。

后来，部队调防，去了安徽合肥郊区。听篮球队小徐说（转业分在宁波木材公司），在那里曾与安徽省队打了2场球，在部队营房打，部队胜；拉到合肥打，省队胜。

再后来，部队在那里被调整编制，取消了原番号，干部战士小部分重新安排，大部分转业复员。

经后来了解，篮球队员都安排得不错。如队长郑教导员回浦江后曾担任县供销社主任；温州张参谋曾担任过温州市体委主任；温岭胡参谋，先担任县检察长，后担任县政协副主席；新队员中，有一人担任过乐清县县长，有一人担任过温州市煤气公司老总。

进入新世纪后某一天，我在球场上碰到了原独一师篮球队的小徐连长。他说师篮球队里有人在绍兴建了一个庄园，要邀请大家去他那里聚一聚。还说，到时候，会派车来接我一起去的。

约定的时间到了，我与小徐连长同车去绍兴，与原独一师篮球队的诸位战友相见、相聚、相欢。大家吃的是农庄有机菜，喝的是绍兴加饭酒，说的大都是三十年之前的有趣人、有趣事，热闹极了，开心极了。

战友联谊会上，我还见到了时任宁波市委常委、公安局巫局长，他也是一个网球爱好者，我们曾在宁波球场上见过。经介绍，原来在20世纪70年代，他也是独一师的一员，而且是师文艺宣传队的京胡手。那天，当年的“阿庆嫂”也来了，大家说她还是那么年轻，还是那么“八面玲珑”。

戏里唱的是“人一走，茶就凉”，而人生中，却是“人离三十年，茶仍浓且又香”。

二十八、张氏兄妹

1970年上半年，一天，我在学校篮球场做些基本功练习。这时，来了一位男青年与我一起打起球来。此人年龄约35岁，身高1.8米左右，身材匀称，穿一套浅色的运动衣裤；他动作轻盈、熟练，合理，一看就知道，他是一位篮球高手。

练习休息时，我们互相作了自我介绍。

“我姓张，在上海工作，这次来梁弄是探望母亲的。我弟宏逵也是镇学校的老师呢。”

噢！原来是镇中心张老师的上海大哥呵！早闻大名，今日相见，真是有幸，有幸。

梁弄镇下街92号墙门张家，是一个20世纪20年代就离开贫困山区去上海打拼，并逐步发达起来的人家。凡是去过上海闸北张家的梁弄人，都永远不会忘记他们。

父亲张来宝，梁弄让贤蒲塘村人；母亲黄爱玉，梁弄镇八房里人。张来宝，8岁时就随其母去上海一家商店当学徒；黄爱玉与张来宝结婚后，也去了上海，在闸北，帮助丈夫经营张同康玻璃五金店和做家务。生育了5儿4女，全家济济一堂，温馨无比。

张、黄夫妇俩，重乡情，讲义气，只要老家人来上海找他们帮忙，如要做保姆，要学生意（当学徒），要在上海采购（或推销）、办事等，好帮的他们一定都帮，而且常常还请乡亲们在自己家吃饭、住宿，像接待亲人一样，赢得了乡间一片赞誉。

梁弄张家的兄弟姐妹们

张先生热爱家乡，关心教育。他曾在老家蒲塘张家祠堂内，自己出资创办过同康小学，不但让孩子们免费入学，而且还赠送学生书包、校衣、鞋子等。村里的老年人至今仍记忆犹新。

不幸的是，1958年，张受一马姓老乡的反动军官案牵连，被关入狱中。当年，已42岁的母亲黄爱玉，安顿好老二、老三、老四工作后，率领3子2女，毅然从上海返回梁弄老家。从此，她挑起生活和精神的千斤重担，艰难度日，盼儿女成人，梦重振家业。

1981年，张案终于平反，但人却在1960年死于采石矿爆炸事故，再也不能复生了。

在“阶级斗争为纲”年代，虽然爱玉及子女们仍要受到丈夫事件的一些负面影响，但她以刻苦奋斗、坚强生活、热爱子女、团结乡亲的精神，诚实、善良、勤劳、俭朴的作风，继续赢得了乡亲们的尊重。

20世纪80年代上海市男子篮球队教练张宏达

张宏达，从小喜爱篮球运动，一生与篮球运动结下不解之缘。他1936年出生，是张家的大儿子。他上茂名北路的新群高中时，就能一手搭把骑车，一手转动篮球，穿行于街巷之中。1957年，他入选上海市队。同年，经国家体委和团中央研究决定，由上海组队代表中国大学生参加在巴黎举行的世界大学生运动会篮球赛。当时，还只有21岁的张宏达就是其中一员。他们不负众望，在参赛的13支球队中取得了第5名的好成绩。

其中，战胜巴西队一场比赛堪称经典。当年的巴西男篮是世界前3名的强队，参赛的球员中有4名是国家队队员。在与中国队赛前，巴西队一路过关斩将保持全胜，是夺标大热门。对此，中国的初生牛犊们并没有怯场，他们详细研究了对手，在心理和谋略上抢得先机，一举打败了巴西队。巴西队中锋桑托斯为丧失了夺冠机会而坐在地板上抱头痛哭。爱国华侨纷纷跳进场内，兴奋地将主力队员抬起来绕场一周。这表明，当时以上海大学生为代表的中国青年篮球已达到了世界一流的水平。

从欧洲回来后，张宏达一面继续打球，一面去高校深造，并于1964

体育新闻
新民晚報
重逢，相隔了半个世纪
50年前参加巴黎世界大运会的上海男篮昨晚相聚

介绍20世纪50年代以上海队为主的中国大学生篮球队
在世界比赛中取得辉煌战绩的资料

年从上海体育学院毕业。从1966年至1982年，一直担任上海男篮的主教练。

张宏达，能文能武，文武双全。他既是一个优秀运动员、优秀教练员、优秀篮球教授，又是一个篮球运动理论研究的专家。

他先后兼任中国篮协教练委员会委员，上海市篮协科研委员会副主任，中国体育科学学会上海市分会篮球训练委员会副主任等职。

曾出版《现代篮球理论和教学训练实践》一书及发表《1-3-1移动进攻法》《发扬传统风格坚持以小打大》《如何使用替补队员》等数十篇论文，还翻译了多篇著作。曾受邀赴加拿大、美国讲学和交流。

在1966年至1982年，他担任上海男篮主教练期间，球队在国内外比赛中也取得了非常优异的成绩。如1973年获得全国五项球类运动会篮球比赛冠军；1982年夺得第一届亚洲城市男篮锦标赛亚军；1978年至

1982年先后四次获全国甲级篮球赛和篮球锦标赛前三名。

张宏达，他为人诚恳、热情、平易近人；重友情，讲义气，很有人情味。

1970年，我们在“五七”学校球场相识后，他知道我非常想了解美国的篮球运动，尤其是它的独特训练法。回上海后，立即将华师大有关部门刚翻译出来的“美国篮球训练法”（讲义）邮寄一份给我。这是我第一次接触到美国的篮球理论和方法，此后，我结合过去学习的苏欧篮球体系，将它运用到青少年队、成年队的训练之中，收到比较显著的效果。

一次，上海男篮在杭州省体育馆比赛，我从宁波赶去观战。到达杭州赛场时，离比赛开始只有个把小时了，运动员也已进入场子做准备活动。我通过工作人员找到他。他听说我从宁波赶去看他，就高兴地跑到外面来见我，与我热情愉快地谈了约五六分钟。别说“只见了一面”，别说“只谈5分钟”，大家都感到很愉快，很温暖，都感到彼此之间多了一份值得珍惜的友情。

1983年，我还在效实中学工作期间。张宏达教练与其弟张宏逵老师一起，专程从梁弄来宁波看我。我当时住在青石巷1号老房子里。那时，外面酒店极少，我们就在家里共进午餐。我们一边聊着天，一边剥吃着大大肥肥的鲜白蟹，非常愉快，至今难以忘怀。

张宏达是什么人啊？他是中国一级球队上海男篮的主教练，是中国篮协教练委员会委员。他能如此热情友好地对待一个曾在他家乡工作过的篮球爱好者，一个业余篮球运动员和教练员，这就是他的修养与人品。

张宏逵，男，1951年出生，张家的老七。1958年随母返乡后，一边帮助母亲劳动，挣钱养家，一边在梁弄区校、中学读书。

1971年8月3日晚，梁弄黎明大队第四生产队粮食仓库失火，年仅20岁的宏逵奋不顾身地赶去救火，大火被扑灭，但人却受了伤，立即被送往医院治疗。1972年，根据宏逵平日表现和救火时的勇敢行为，公社决定安排其到梁弄联办小学任教语、数，后调至镇中心小学任教体育。

1990年，余姚市被推荐为全国体育先进市。次年，国家教委、国家体委组织人员前来检查验证。预订计划，要看城市，农村，工商企业，中小学等10个基层单位的若干个身体素质达标项目的锻炼实施情况。

当已经检查了前面8个单位，还没有一个单位使检查组十分满意时，余姚市分管教育、体育的蒋副市长急了，市教委主管此项工作的徐主任更急了，立即电话通知第二天要继续接受检验的第九个单位——梁弄镇中心小学，务必认真做好一切准备。

第九个单位，梁弄镇中心小学体育素质项目教学检验课开始。张宏逵老师立即指挥一个班级列队进入场地，因为队列整齐和行进步伐出色已赢得一片掌声。接着，分成三队三场地测试跑、跳、掷，井井有条，成绩几乎个个达标。特别是项目（队伍）的轮转，安排得既合理又迅速、安全，再次赢得了一阵阵热烈掌声。

在检查验证工作的反馈会上，检查组领导表扬了张宏逵老师，说他的水平“三个师范生也抵不了”。当得知他还是二级教师时，又说：“难道不能让确实优秀的老师破格晋升吗？”

宏逵老师在教材教法考试中，又取得了99分的优异成绩，夺取了梁弄地区第一名。综合以上两绩（业绩与成绩），他终于被破格晋升为一级教师。

张宏萍，女，1958年出生，是张家的老九，末得女儿。出生当年就随母返回梁弄，以后也一样过着艰难的生活。一边要帮妈妈做家务，一边还要努力读书。

不知是受老大、老七的影响，还是遗传因子的缘故，她从读中学起也爱上了打篮球。她先是考取了余姚市少体校篮球班打球。1974年，身高已170厘米左右的她又考入宁波地区少体校篮球队打球。

俗话说“有缘千里来相会”，我想说“有缘隔三差四也相聚”。此话怎讲？

我从高中起爱好打篮球，曾代表金华参加过省第四届运动会篮球赛，获亚军；夫人也从初中开始打篮球，曾是专业队省女篮二队队员，宁波女篮队长。1974年时，夫人已30岁，但在宁波地区女篮中还是绝对主力，宏萍、楼素芬、高圆圆等一批宁波地区体校学生也在那时加入过宁波地区女队一起参加省级比赛，即“30岁与16岁组成一队，小阿姨与大外甥囡同场献艺”。这是不是缘分？

梁弄镇下街92号墙门，张家的老大、老七、老九兄妹的故事虽然已经讲完。但我，还是久久地不能从曲折的情节中脱身出来。

张家大伯，一个小学徒奋斗成小业主，一个好心人反被受牵连，含冤屈死，真是天理何在！

张家大妈，含泪返乡，抚养幼小，勇挑重担，坚韧不拔，振兴门庭。她是坚强的母亲，全身是爱的母亲，伟大的母亲。她是张家的一面旗帜。

以老大、老七、老九为代表的兄弟姐妹们，个个继承父母遗志，以母亲为榜样，做光明磊落的人，做顶天立地的人，做充满爱心的人，做对社会有贡献的人，为张家写下了一部光辉照人的现代史书。

二十九、贵人难忘

我，小名阿毛，生于20世纪抗战中后期。那时，我爸在上虞农村，给一家纸行收购土纸，我已44岁的娘还挺着大肚皮跟去乡下，一是为男人服务，二也是为了躲避战祸。于是，我出生在上虞，很长一段时间，亲友们还笑称我为“上虞人”。

我小时候，叫我娘为“嬷嬷”。为什么？因为舅舅家的表兄妹们叫我娘为“嬷嬷”，我为什么不能叫呢？

我从小好动，顽皮。当时小孩子玩的东西，我件件精通，一时“毛大头”威震邻里八方。

我记得，因为捉“丁四子”（蟋蟀），要翻泥土石块，双手被蛇虫咬得斑疤累累；因为春天去放风筝，身心也随着自由飞翔，把书包放在坟堆里，旷课了两天；为了捍卫课桌上领土完整，曾与同桌一女同学上课时发生“三八线”战斗，被老师赶出教室（唉，奇怪的是此位姓毛的小学同桌现在碰到倒蛮客气的）。

还记得一事，但纳闷儿，就是小时候晚上睡熟后，有几次“从楼上跑到楼下，又从楼下跑到楼上”，然后又睡着了。耳朵听到娘在“阿毛、阿毛”叫，但行动往往不能完全由自己控制。第二天，大人问我，我有时依稀记得，有时却完全不知。有人告诉我说，这是“夜游症”，小时是体质弱或白天玩耍过度引起的，如大了还是这样，那就不好说了。果然，随着年龄增长和体质增强，那种情况就再也没有出现了。

因为顽皮，闯祸，免不了要被大人责打。但我，也有我逃罚的办法。一是装，装困熟。当大人做完事或与人说完话，记起“小鬼坏要打”时，一看，已睡着了，明天再说吧！那已是逃过一劫。二是逃，快点逃。早晨，天刚蒙蒙亮，就轻手轻脚起床，一提衣裤就“吱——”一声开房门往外逃，后面传来“小鬼，又给他逃走了”。三是叫，大声叫。大人要打你，什么时候逃不掉？是洗澡的时候。洗澡时，脱光了衣服，他（她）打你，你怎么逃，只好打一记，大叫一声，好好讨饶，“识时务者为俊杰”嘛！

如此这般，“劣迹”斑斑。但每当紧要关头，我都会有“贵人”相助，乃祖宗积德也。

小学毕业，通过良师一个月的补习和测试，认为考取效实中学没有问题。但第一次揭晓，却榜上无名。我明明语、数都考得很好，为何没有录取？

我大哥与小学毛校长商量后，补了一张六年级的成绩报告单，再去报考效实中学，在仍有200多名考生只补取16名的竞争中竟榜上有名。我喜极而泣。我永远感激毛校长，他是我人生道路上的第一个贵人。

读效实中学初二年级时，几何老师方忠烈，因材施教，布置作业分基本题，提高题和自选题。基本题必须全部完成；提高题有困难的几题可以暂时不做，以后补做；自选题则是还有余力和兴趣的同学，自己去办公室向方老师索取的难题。我有幸，一段时间内，与几个同学一起，做过向方老师拿自选题的学生。他不仅使我提高了学习数学的兴趣，而且掌握了一些数学思维和分析问题解决问题的方法。他是我学业成长中，受尊敬和难以忘怀的恩师贵人。

20世纪50年代的宁波教育局教研室体育教研员，90年代宁波大学体育系系主任杨先雄老师，是他在1958年，我读高二时，吸收我参加市学生男子篮球联队，从此，我与篮球结下不解之缘。他是引领我爱好篮球，终身热爱体育运动的良师益友。

金华师范学院人事处有一位老师，是个十足的篮球迷。每当学院篮球队与兄弟院校比赛，他一定到场观看，而且还十分投入。每当我队暂停或半场休息时，他就会跑过来出谋划策，恨不得自己学院能一举奠定胜局；当我被换下稍作休息时，他也会急着来催我上场，担心再迟上场学院队会因此吃亏。就是他，在毕业分配时，将我分到义乌县（市）。要知道，我们这一届是专为金华专区定向培养的，而义乌已是金华专区最靠近宁波专区的一个县了，这样，就为我下一步调回宁波提供了较为有利的条件。他是帮助我实现调回老家工作意愿的第一位贵人。

国家级荣誉篮球裁判，余姚篮球协会主席吴永嘉师傅，是帮助我实现“曲线回家”第一步，从浦江到余姚的贵人朋友；而要实现“曲线回家”第二步，从余姚调到宁波的贵人又是谁呢？

我在1970年里，协助县体委新建灯光球场；训练以江南中学为基础的县中学生篮球队夺得宁波地区比赛冠军；代表宁波地区队赴舟山参加省比赛，夺得全省第三名；服从宁波军分区和县政府安排，应邀去五夫担任省军区独立一师男子篮球的队教练半年，为独一师男篮次年夺得全省工农兵篮球联赛冠军立下汗马之功。

当这些工作任务都较圆满地完成后，我又一次去找宁波军分区的钱科长，要求他帮帮忙，做做余姚文教局工作，让在外地已工作了十二年的游子、已是5岁孩子父亲的我调回老家宁波去吧！

钱科长请余姚县委常委、县人武部周政委出面去做县文教局主持工作的孙局长的工作，周政委对孙说：

“小王老师，夫妻分居多年，孩子也有5岁了，家庭确有具体困难，应该给予适当照顾了。”又说：“听说，小王工作不错，在体育上也为县和部队作了很多贡献，你总不会因此而不放人家吧！”

县文教局终于同意我的调动申请了。在离开前，孙局找我谈，说：“老领导都为你说话了，我们再不放，也说不过去了；以前局里不肯放你，是重视你，需要你，是为了培养你。这点请你谅解。”

作者与妻子合影

钱科长、周政委，你们是帮我1972年顺利调回宁波的贵人。此年2月，小女儿出生，我也能陪伴和照顾妻子和小孩了。这里，我再次代表全家四口向你们表示衷心感谢和感恩。

2018年9月8日　完稿